王力 ◎ 著

诗词格律十讲

四川人民出版社

目　录

诗词格律十讲

第一讲　诗韵和平仄

　　诗写下来不是为了看的，而是为了"吟"的。古人所谓"吟"，跟今天所谓朗诵差不多。因此，诗和声律就发生了极其密切的关系。诗词的格律主要就是声律，而所谓声律只有两件事：第一是韵，第二是平仄。其中尤以平仄的规则最为重要；可以说没有平仄规则就没有诗词格律。现在先请大家读几首唐诗：

登鹳雀楼　　王之涣
白日依山尽，黄河入海流。
欲穷千里目，更上一层楼。

相　思　　王　维
红豆生南国，春来发几枝。
愿君多采撷，此物最相思。

江南曲　　李　益
嫁得瞿塘贾，朝朝误妾期。
早知潮有信，嫁与弄潮儿！

（"贾"读 gǔ）

　　这是三首五言绝句。在这些诗里，逢双句押韵。所谓押韵，就是把同一收音的字放在同一位置上，一般是放在句尾。韵的作用是构成声音的回环，也就是形成一种音乐美。例如《登鹳雀楼》，"流"字读liú（＝lióu），"楼"字读lóu，都是收音于ou的；《相思》，"枝"字读zhī，"思"字读sī，都是收音于i的。这就显得非常和谐了。

　　有时候，依照现代普通话的语音去读并不和谐，这是因为时代不同，语音有了发展。例如《江南曲》，"期"字读qí①，"儿"字读ér，很不和谐，但是如果依照上海话的白话音来读"儿"字，就十分和谐了，因为上海白话"儿"字念ní，在很大程度上保存了唐代的古音。

　　至于讲到平仄规则，就必须先说明什么是平仄。古代有四个声调，即平声、上声、去声、入声。平声以外，其余三声都是仄声（仄就是不平的意思）。平声大约是比较长的音，而且是一个平调，不升也不降；其余三声大约是比较短的音，有升有降，因此形成了平仄的对立。诗人们利用这种对立来造成诗的节奏美。

　　上面所引的三首五言绝句是依照同一个平仄格式写成的。每首只有二十个字，其平仄格式如下：

————————————

① "期"旧读qí。

仄仄平平仄　　平平仄仄平
平平平仄仄　　仄仄仄平平

（字外加圈表示可平可仄，字下加"△"表示押韵，下同。）

有一件事值得注意：在普通话里，平声已经分化为阴平和阳平；入声已经消失了，分别归入阴平、阳平、上声和去声。平声好办，只要把阴平和阳平同等看待就是了。入声归入上声、去声的也都好办，反正上、去两声也都是仄声。唯有归入阴平、阳平的入声字就非查字典不可（可查商务印书馆出版的《同音字典》）。大概平仄格式上标明仄声而普通话读平声的字，多半是古入声。这三首诗中的入声字是"白""日""入""欲""目""一""国""发""撷""物""得""妾"。特别值得注意的是"国""发""撷""得"，它们在普遍话里都变了平声，而它们所在的位置是规定要用仄声字的。

这三首诗是严格地依照平仄格式写成的。一般地说，每句的第一个字可以不拘平仄。试看第一句第一字，"白""嫁"是仄，而"红"是平；第三句和第四句的第一字，这里三首诗都用了仄声，但是在其他唐诗中也有用平声的。唯独像"平平仄仄平"这样一个五言平仄句式（在这三首诗中是第二句），第一个字就只能用平声，不能用仄声。否则叫作

"犯孤平"。

　　这一讲所讲的是最基本的东西。讲的虽然是五言，但是可以类推到七言。讲的虽然是绝句，但是可以类推到律诗。讲的虽然是诗，但是可以类推到词。

第二讲　五言绝句

绝句都是四句。五言绝句可以分为律绝和古绝两种。现在先谈律绝。律绝一般只用平声韵，而平仄格式则有四种。第一讲里所讲的平仄格式是第一种：

　　　　㋫仄平平仄　平平仄仄平
　　　　㋡平平仄仄　㋫仄仄平平

这里有四种句式：第一种句式是平仄脚，第二种句式是仄平脚，第三种句式是仄仄脚，第四种句式是平平脚。这四种句式是所有变化的基础，四种五言绝句都是由这四种句式错综变化而成的。

第二种五言绝句只是把第一种的前半首和后半首对调了一下：

　　　　㋡平平仄仄　㋫仄仄平平
　　　　㋫仄平平仄　平平仄仄平

听　筝　　李　端

鸣筝金粟柱，素手玉房前。

欲得周郎顾，时时误拂弦。

　　第三种五言绝句基本上和第一种相同，只因首句用韵，所以首句改为平平脚：

　　　　仄仄仄平平　　平平仄仄平
　　　　平平平仄仄　　仄仄仄平平

塞下曲　　卢　纶

月黑雁飞高，单于夜遁逃。
欲将轻骑逐，大雪满弓刀。

（"单"读 chán）

行　宫　　元　稹

寥落古行宫，宫花寂寞红。
白头宫女在，闲坐说玄宗。

溪　居　　裴　度

门径俯清溪，茅檐古木齐。
红尘飞不到，时有水禽啼。

　　第四种五言绝句基本上和第二种相同，只因首句用韵，所见首句改为仄平脚：

　　　　平平仄仄平　　仄仄仄平平
　　　　仄仄平平仄　　平平仄仄平

闺人赠远　　王　涯

花明绮陌春，柳拂御沟新。

为报辽阳客，流光不待人。

在四种平韵五言律绝当中，以第一种为最常见，其次是第三种。其余两种都是少见的。除了平韵律绝之外，还有一些仄韵律绝。现在只举一个例子：

平平仄仄　仄仄平平仄
仄仄平平　平平仄仄

忆旧游　　顾　况

悠悠南国思，夜向江南泊。

楚客断肠时，月明枫子落。

（"思"读 sì）

律绝只有四种句式，即使是仄韵的五言律绝，也不超出这个范围。依照这四种句式写成的诗句称为律句，凡不用或基本上不用律句的五言绝句可以称为"古绝"。古绝不拘平仄；在押韵方面既可押平声韵，也可押仄声韵。例如：

夜　思　　李　白

床前明月光，疑是地上霜。

举头望明月，低头思故乡。

拜新月　　李　端

开帘见新月，即使下阶拜。

细语人不闻，北风吹裙带。

《夜思》是平声韵，《拜新月》是仄声韵。"疑是"句"平仄仄仄平"，"细语"句"仄仄平仄平"，"北风"句"仄平平平仄"，都不是律句。

第三讲　七言绝句

七言绝句也是四句，总共二十八个字。七言律绝是以五言律绝为基础的。跟五言律绝一样，七言律绝共有四种平仄句式，这只是在五字句的前面加两个音：如果是仄起的五字句，就把它变成平起的七字句；如果是平起的五字句，就把它变成仄起的七字句。试看下面的比较表：

1. 平仄脚：

五字句 —— □□⟨仄⟩仄平平仄

七字句 —— ⟨平⟩平⟨仄⟩仄平平仄

2. 仄平脚：

五字句 —— □□平平仄仄平

七字句 —— ⟨仄⟩仄平平仄仄平

3. 仄仄脚：

五字句 —— □□⟨平⟩平平仄仄

七字句 —— ⟨仄⟩仄⟨平⟩平平仄仄

4. 平平脚：

五字句 —— □□⟨仄⟩仄仄平平

七字句 —— 平平仄仄仄平平

七言绝句也有四种平仄格式，跟五言绝句是相一致的。不过，七言绝句以首句押韵为比较常见，所以次序应该改变一下。第一种七言绝句是：

平平仄仄仄平平　仄仄平平仄仄平
仄仄平平平仄仄　平平仄仄仄平平

早发白帝城　　李　白
朝辞白帝彩云间，千里江陵一日还。
两岸猿声啼不住，轻舟已过万重山。

题金陵渡　　张　祜
金陵津渡小山楼，一宿行人自可愁。
潮落夜江斜月里，两三星火是瓜州。

将赴吴兴登乐游原　　杜　牧
清时有味是无能，闲爱孤云静爱僧。
欲把一麾江海去，乐游原上望昭陵。

泊秦淮　　杜　牧
烟笼寒水月笼沙，夜泊秦淮近酒家。

商女不知亡国恨，隔江犹唱《后庭花》。

第二种七言绝句是把第一种的前半首和后半首对调，并且使首句仍然收平脚，第三句仍然收仄脚：

仄仄平平仄仄平　平平仄仄仄平平
平平仄仄平平仄　仄仄平平仄仄平

芙蓉楼送辛渐　　王昌龄

寒雨连江夜入吴，平明送客楚山孤。
洛阳亲友如相问，一片冰心在玉壶。

乌衣巷　　刘禹锡

朱雀桥边野草花，乌衣巷口夕阳斜。
旧时王谢堂前燕，飞入寻常百姓家。

赤　壁　　杜　牧

折戟沉沙铁未销，自将磨洗认前朝。
东风不与周郎便，铜雀春深锁二乔！

秋　夕　　杜　牧

银烛秋光冷画屏，轻罗小扇扑流萤。
天阶夜色凉如水，坐看牵牛织女星。

　　第三种七言绝句是第一种的变相，只是把首句改为不押韵（这一种比较少见）：

　　　　⊕平平仄仄平平仄　　⊕仄平平仄仄平
　　　　　　　　　　　　　　　　　　△
　　　　⊕仄⊕平平仄仄　　⊕平⊕仄仄平平
　　　　　　　　　　　　　　　　　　△

忆江柳　　白居易

曾栽杨柳江南岸，一别江南两度春。
遥忆青青江岸上，不知攀折是何人！

　　第四种七言绝句是第二种的变相，只是把首句改为不押韵：

　　　　⊕仄⊕平平仄仄　　⊕平⊕仄仄平平
　　　　　　　　　　　　　　　　　　△
　　　　⊕平⊕仄平平仄　　⊕仄平平仄仄平
　　　　　　　　　　　　　　　　　　△

九月九日忆山东兄弟　　　王　维

独在异乡为异客，每逢佳节倍思亲。
遥知兄弟登高处，遍插茱萸少一人。

夜上受降城闻笛　　李　益

回乐峰前沙似雪，受降城外月如霜。
不知何处吹芦管，一夜征人尽望乡。

仄韵七绝颇为罕见，这里不举例了。

七言绝句每句的第一字是不拘平仄的，第三字在许多情况下也不拘平仄，因此相传有这样一个口诀："一三五不论，二四六分明。"但是，这个口诀是不全面的：在正常的情况下，第五字不能不论；更重要的是仄平脚的句子第三字不能不论，否则犯了孤平。凡是不合于这里所讲的都是变格，在第六讲里还要谈到。

第四讲　五言律诗和长律

我们在第二讲中讲了五言绝句，这里再讲五言律诗就非常好懂了。五言律诗共有八句，四十个字，比五言绝句（指律绝）的字数多一倍，可以说两首五言绝句合起来就是一首五言律诗。按发展情况说，应该说五言绝句是五言律诗的一半；但是，为了说明的方便，我们说五言律诗是五言绝句的双倍也未尝不可。

跟五言绝句一样，五言律诗也有四种平仄格式。第一种五言律诗等于第一种五言绝句的两首：

仄仄平平仄　平平仄仄平
平平平仄仄　仄仄仄平平
仄仄平平仄　平平仄仄平
平平平仄仄　仄仄仄平平

塞下曲　　李　白

五月天山雪，无花只有寒。

笛中闻折柳，春色未曾看。

晓战随金鼓，宵眠抱玉鞍。

愿将腰下剑，直为斩楼兰。

（"看"读 kān）

春　望　　杜　甫

国破山河在，城春草木深。

感时花溅泪，恨别鸟惊心。

烽火连三月，家书抵万金。

白头搔更短，浑欲不胜簪。

（"胜"读 shēng）

第二种五言律诗等于第二种五言绝句的两首：

⊕平平仄仄　⊕仄仄平平
⊕仄平平仄　平平仄仄平
⊕平平仄仄　⊕仄仄平平
⊕仄平平仄　平平仄仄平

山居秋暝　　王　维

空山新雨后，天气晚来秋。

明月松间照，清泉石上流。

竹喧归浣女，莲动下渔舟。

随意春芳歇，王孙自可留。

新春江次　　白居易

浦干潮未应，堤湿冻初销。

粉片妆梅朵，金丝刷柳条。

鸭头新绿水，雁齿小红桥。

莫怪珂声碎，春来五马骄。

第三种五言律诗等于第三种五言绝句加第一种五言绝句：

　　仄仄仄平平　　平平仄仄平
　　平平平仄仄　　仄仄仄平平
　　仄仄平平仄　　平平仄仄平
　　平平平仄仄　　仄仄仄平平

终南山　　王　维

太乙近天都，连山到海隅。

白云回望合，青霭入看无。

分野中峰变，阴晴众壑殊。

欲投人处宿，隔水问樵夫。

（“看”读 kān）

月夜忆舍弟　　杜　甫

戍鼓断人行，边秋一雁声。

露从今夜白，月是故乡明。

有弟皆分散，无家问死生。

寄书长不达，况乃未休兵！

第四种五言律诗等于第四种五言绝句加第二种

五言绝句（这一种比较少见）：

平平仄仄平　仄仄仄平平
仄仄平平仄　平平仄仄平
平平平仄仄　仄仄仄平平
仄仄平平仄　平平仄仄平

风　雨　　李商隐

凄凉宝剑篇，羁泊欲穷年。

黄叶仍风雨，青楼自管弦。

新知遭薄俗，旧好隔良缘。

心断新丰酒，销愁斗几千！

　　律诗中间四句要用对仗。所谓对仗，就是名词对名词，形容词对形容词，动词对动词，副词对副词等。关于对仗，后面还要专题讨论。

　　长律是超过八句的律诗，有长到一百六十韵的。两句一押韵，一百六十韵就是一千六百个字。有一种试帖诗规定五言六韵（清代规定五言八韵），那是应科举时写的。例如：

湘灵鼓瑟　　钱　起

善鼓云和瑟，常闻帝子灵。

冯夷空自舞，楚客不堪听。

> 苦调凄金石，清音入杳冥。
> 苍梧来怨慕，白芷动芳馨。
> 流水传湘浦，悲风过洞庭。
> 曲终人不见，江上数峰青。

　　长律的平仄很容易知道，因为它只是把五言绝句加起来。例如五言六韵的长律就等于三首五言绝句。除头两句和末两句以外，中间各句都是要用对仗的。长律一般只是五言诗；七言长律是非常罕见的。

第五讲　七言律诗

七言律诗，就其平仄格式说，是七言绝句的扩展。七言律诗共有八句，五十六个字，比七言绝句的字数多一倍，正好把两首七绝合成一首七律。七言律诗也有四种平仄格式。第一种七律等于第一种七绝加第三种七绝：

平平仄仄仄平平　仄仄平平仄仄平
仄仄平平平仄仄　平平仄仄平平仄
平平仄仄平平仄　仄仄平平平仄仄
仄仄平平平仄仄　平平仄仄仄平平

望蓟门　　祖　咏

燕台一去客心惊，笳鼓喧喧汉将营。
万里寒光生积雪，三边曙色动危旌。
沙场烽火侵胡月，海畔云山拥蓟城。
少小虽非投笔吏，论功还欲请长缨。

钱塘湖春行　　白居易

孤山寺北贾亭西，水面初平云脚低。
几处早莺争暖树，谁家新燕啄春泥？
乱花渐欲迷人眼，浅草才能没马蹄。

最爱湖东行不足，绿杨阴里白沙堤。

第二种七律等于第二种七绝加第四种七绝：

⊗仄平平仄仄平　⊕平⊗仄仄平平
⊕平⊗仄平平仄　⊗仄平平仄仄平
⊗仄⊕平平仄仄　⊕平⊗仄平平仄
⊕平⊗仄平平仄　⊗仄平平仄仄平

登柳州城楼寄漳汀封连四州刺史　　柳宗元

城上高楼接大荒，海天愁思正茫茫。
惊风乱飐芙蓉水，密雨斜侵薜荔墙。
岭树重遮千里目，江流曲似九回肠。
共来百粤文身地，犹是音书滞一乡！

（"思"读sì）

无　题　　李商隐

相见时难别亦难，东风无力百花残。
春蚕到死丝方尽，蜡炬成灰泪始干。
晓镜但愁云鬓改，夜吟应觉月光寒。
蓬莱此去无多路，青鸟殷勤为探看。

（"看"读kān）

第三种七律等于第三种七绝的两首：

　平平仄仄平平仄　　仄仄平平仄仄平
　仄仄平平平仄仄　　平平仄仄平平平
　平平仄仄平平仄　　仄仄平平仄仄平
　仄仄平平平仄仄　　平平仄仄平平平

客　至　　杜　甫

舍南舍北皆春水，但见群鸥日日来。
花径不曾缘客扫，蓬门今始为君开。
盘飧市远无兼味，樽酒家贫只旧醅。
肯与邻翁相对饮，隔篱呼取尽余杯。

遣悲怀　　元　稹

谢公最小偏怜女，自嫁黔娄百事乖。
顾我无衣搜荩箧，泥他沽酒拔金钗。
野蔬充膳甘长藿，落叶添薪仰古槐。
今日俸钱过十万，与君营奠复营斋！

（"过"读 guō）

第四种七律等于第四种七绝的两首：

　仄仄平平平仄仄　　平平仄仄仄平平
　平平仄仄平平仄　　仄仄平平仄仄平
　仄仄平平平仄仄　　平平仄仄仄平平
　平平仄仄平平仄　　仄仄平平仄仄平

阁　夜　杜　甫

岁暮阴阳催短景，天涯霜雪霁寒宵。

五更鼓角声悲壮，三峡星河影动摇。

野哭千家闻战伐，夷歌几处起渔樵。

卧龙跃马终黄土，人事音书漫寂寥。

闻官军收河南河北　　杜　甫

剑外忽传收蓟北，初闻涕泪满衣裳。

却看妻子愁何在？漫卷诗书喜欲狂！

白日放歌须纵酒，青春作伴好还乡。

即从巴峡穿巫峡，便下襄阳向洛阳。

（"看"读 kān）

　　七律跟五律一样，中间四句要用对仗；至于头两句和末两句，一般不用对仗。特别是末两句，像杜甫的《闻官军收河南河北》那样的情况是很少见的。

　　讲到这里，我们可以把律诗、绝句的平仄规则总结一下。平仄有"对"的规则和"黏"的规则。单句称为出句，双句称为对句；出句和对句加起来叫一联。第一联称为首联，第二联称为颔联，第三联称为颈联，第四联称为尾联。出句的平仄和对句的平仄必须是相反的，叫作对。下联出句的平仄和上联对句的平仄必须是相同的，叫作黏。当然，在

"黏"的时候，第五、七两字（在五言则是第三、五两字）的平仄不可能相同；在"对"的时候，如果首句入韵，首联出句和对句第五、七两字（在五言则是第三、五两字）也不可能相对。总之，我们可以拿每句的第二字作为衡量黏对的标准。

知道了黏对的道理，要背诵口诀（平仄格式）就不难了。只要知道了第一句的平仄，全首诗的平仄都可以按照黏对的规则背诵如流。即使是百韵长律，也不会背错一个字。

违反黏的规则叫"失黏"（广义的"失黏"指的是不合平仄，这里用的是狭义）；违反对的规则叫"失对"。唐人偶尔有不黏的律诗、绝句（如王维的《渭城曲》），但是不足为训，因为一般的律诗、绝句总是黏的。至于失对，则是更大的毛病，从唐宋直到近代人的诗集中，是找不到失对的例子的。

第六讲　平仄的变格

　　上面说过，前人做律诗、绝句有个口诀是："一三五不论。"这是就七言说的；如果是五言，那就应该是"一三不论"。其实仄平脚的五言第一字或七言第三字不能不论，否则犯孤平。至于五言第三字、七言第五字，按常规来说，也是要论的，但是在这些地方可以有变格，就是在本该用平声的地方也可以用仄声，在本该用仄声的地方也可以用平声。例如：

次北固山下　　王　湾
客路青山下，行舟绿水前。

潮平两岸阔，风正一帆悬。

海日生残夜，江春入旧年。

乡书何处达？归雁洛阳边。

送友人　　李　白
青山横北郭，白水绕东城。

此地一为别，孤蓬万里征。

浮云游子意，落日故人情。

挥手自兹去，萧萧班马鸣。

蜀　相　杜　甫

丞相祠堂何处寻？锦官城外柏森森！

映阶碧草自春色，隔叶黄鹂空好音。

三顾频烦天下计，两朝开济老臣心。

出师未捷身先死，长使英雄泪满襟！

　　（字下有"。"的是变格的不拘平仄的字。）

　　值得注意的是：如果是平平脚，五言第三字、七言第五字仍以用仄声为宜，否则末三字变成"平平平"，而三字尾连用三个平声是古风的特点（见第八讲），律诗、绝句最好不要用它。

　　现在讲到三种特别的句式。这三种句式是不合于前面五讲中所列的平仄格式的，然而它们是律诗、绝句所容许的。

　　（1）五言出句二、四字同平，七言出句四、六字同平。——依前面五讲的说法，仄仄脚的律句，在五言是"平平平仄仄"，在七言是"仄仄平平平仄仄"；但是，这个格式有一个最常用的变格，就是：

　　五言：平平仄平仄

　　七言：仄仄平平仄平仄

　　这是把五言第三、四两字的平仄对调，七言第五、六两字的平仄对调。对调以后，五言第一字、七言第三字不再是不拘平仄的，而是必须用平声。例如：

送杜少府之任蜀川　　王　勃

城阙辅三秦，风烟望五津。

与君离别意，同是宦游人。

海内存知己，天涯若比邻。

无为在歧路，儿女共沾巾。

（字下有"·"的是变格的句子，下同。）

月　夜　　杜　甫

今夜鄜州月，闺中只独看。

遥怜小儿女，未解忆长安。

香雾云鬟湿，清辉玉臂寒。

何时倚虚幌，双照泪痕干？

（"看"读 kān）

咏怀古迹（其三）　　杜　甫

群山万壑赴荆门，生长明妃尚有村。

一去紫台连朔漠，独留青冢向黄昏。

画图省识春风面，环佩空归月夜魂。

千载琵琶作胡语，分明怨恨曲中论！

这种句式多数被用在尾联的出句，即律诗的第七句，绝句的第三句。

（2）五言出句二、四字同仄，七言出句四、六字同仄。——依前面五讲的说法，平仄脚的律句，

在五言是"㊣仄平平仄",在七言是"㊣平㊣仄平平仄";但是,这个格式也有一个变格,就是:

五言:㊣仄㊣仄仄

七言:㊣平㊣仄㊣仄仄

这里五言第二、四两字都用仄声(全句可以有四仄,甚至五仄),七言第四、六两字都用仄声。但是,有一个附带的条件,就是五言对句第三字,七言对句第五字必须用平声。例如:

与诸子登岘山　　孟浩然

人事有代谢,往来成古今。

江山留胜迹,我辈复登临。

水落鱼梁浅,天寒梦泽深。

羊公碑尚在,读罢泪沾襟。

草　　白居易

离离原上草,一岁一枯荣。

野火烧不尽,春风吹又生。

远芳侵古道,晴翠接荒城。

又送王孙去,萋萋满别情。

夜泊水村　　陆游

腰间羽箭久雕零,太息燕然未勒铭。

老子犹堪绝大漠,诸君何至泣新亭?

一身报国有万死，双鬓向人无再青！

记取江湖泊船处，卧闻新雁港寒汀。

（"燕"读 yān）

讲到这里，我们知道"二四六分明"的口诀也不完全适用了。

（3）孤平拗救。——所谓孤平，指的是五字句的"仄平仄仄平"，七字句的"仄仄仄平仄仄平"。由于除了韵脚以外，只剩一个平声字，所以叫作孤平。凡不合平仄的句子叫作拗句。拗句和律句是反义词。孤平的句子也是拗句的一种。但是，拗句可以补救。补救的办法是：前面本该用平声的地方用了仄声，就在后面适当的位置用上一个平声以为抵偿。所谓孤平拗救，是指仄平脚的句子五言第一字用仄，第三字用平；七言第三字用仄，第五字用平，即：

五言：仄平平仄平

七言：⑦仄仄平平仄平

试看下面的例子：

夜泊山寺　　李　白

危楼高百尺，手可摘星辰。

不敢高声语，恐惊天上人。

（"恐"字系仄声，下面用平声"天"字来补救。）

回乡偶书　　贺知章

少小离家老大回，乡音无改鬓毛衰。

儿童相见不相识，笑问客从何处来。

（"客"字系仄声，下面用平声"何"字来补救。）

孤平拗救常常和二、四字同仄的出句（在七言则是四、六字同仄）同时并用，像上文所引孟浩然的"往来成古今"、陆游的"双鬓向人无再青"都是这样。这样，倒数第三字（如孟诗的"成"字，陆诗的"无"字）所用的平声非常吃重，它一方面用于孤平拗救，另一方面还被用来补偿出句所缺乏的平声。总的原理是律诗、绝句不能用过多的仄声字。上文所讲第一种特殊句式，五言第三字用了仄声，第四字就必须补一个平声，而且第一字不能再用仄声，也是这个道理。

我们应该把变格和例外区别开来。变格是律诗所容许的格式，甚至能用于试帖诗；例外则是偶然出现的，如杜甫的"昔闻洞庭水"，孟浩然的"八月湖水平"。有时候，诗人可以写一些古风式的律诗，完全不拘平仄，叫作"拗体"。但拗体是罕见的，这里不详细讨论了。

平仄的变格相当复杂，我们了解这个，主要是为了欣赏古人的律诗、绝句。至于自己写诗，自然不一定要用变格。

第七讲　对　仗

　　绝句用不用对仗是自由的；如果用对仗，一般用在首联。律诗中间两联必须用对仗；在唐人的律诗中偶然也有少到一联对仗的，那只是例外。至于对仗多到三联，则是相当常见的现象，特别是在首句不入韵的情况下是如此。三联对仗，常常是首联、颔联和颈联。例如：

旅夜书怀　　杜　甫
　　细草微风岸，危樯独夜舟。
　　星垂平野阔，月涌大江流。
　　名岂文章著，官应老病休。
　　飘飘何所似？天地一沙鸥。

谷口书斋寄杨补阙　　钱　起
　　泉壑带茅茨，云霞生薜帷。
　　竹怜新雨后，山爱夕阳时。
　　闲鹭栖常早，秋花落更迟。
　　家童扫萝径，昨与故人期。

野　望　　杜　甫
　　西山白雪三城戍，南浦清江万里桥。

海内风尘诸弟隔，天涯涕泪一身遥。
惟将迟暮供多病，未有涓埃答圣朝。
跨马出郊时极目，不堪人事日萧条！

登　高　　杜　甫

风急天高猿啸哀，渚清沙白鸟飞回。
无边落木萧萧下，不尽长江滚滚来。
万里悲秋常作客，百年多病独登台。
艰难苦恨繁霜鬓，潦倒新停浊酒杯！

对仗首先要求句型一致。例如杜诗首联"细草
微风岸"，这是一个没有谓语的句子，必须找另一个
没有谓语的句子（这里是"危樯独夜舟"）来对它。
又如颈联"名岂文章著"，"著名"这个动宾结构被拆
开放在一句的两头；对句是"官应老病休"，"休官"
这个动宾结构也拆开放在一句的两头，才算对上了。
又如钱诗颔联"竹怜新雨后，山爱夕阳时"，"竹怜"
不是真正的主谓结构，"山爱"也不是真正的主谓结
构，实际上是"怜新雨后的竹，爱夕阳时的山"，这
样它们的句型就一致了。

对仗要求词性相对，名词对名词，形容词对形
容词，动词对动词，副词对副词，上文已经讲过了。
此外还有三种特殊的对仗：第一是数目对，如"万
里悲秋常作客，百年多病独登台"；第二是颜色对，

如"客路青山下，行舟绿水前"；第三是方位对，如"西山白雪三城戍，南浦清江万里桥"。

名词还可只分为若干小类，如天文、时令、地理等。例如"星垂平野阔，月涌大江流"，"星"对"月"是天文对，"野"对"江"是地理对。又如"海日生残夜，江春入旧年"，"夜"和"年"是时令对。

凡同一小类相对，词性一致，句型又一致，叫作工对（就是对得工整）。例如"青山横北郭，白水绕东城"，这是工对。邻类相对也算工对，例如"一去紫台连朔漠，独留青冢向黄昏"，"朔"（北方）对"黄"是方位对颜色；又如"海日生残夜，江春入旧年"，"日"对"春"是天文对时令。两种事物常常并提的，也算工对，例如"感时花溅泪，恨别鸟惊心"，"花"对"鸟"是工对；"乱花渐欲迷人眼，浅草才能没马蹄"，"人"对"马"是工对。有所谓借对，这是借用同音字为对，例如"西山白雪三城戍，南浦清江万里桥"，"白"对"清"是借对，因为"清"与"青"同音。

凡五字句有四个字对得工整，也就算得工对。例如"星垂平野阔，月涌大江流"，虽然"阔"是形容词，"流"是动词，也算工对。又如"感时花溅泪，恨别鸟惊心"，虽然"时"与"别"不属于同一个小类，其余四字已经非常工整，也就不必再计较了。七字句有四、五个字对得工整，也就算得工对。

例如"无边落木萧萧下，不尽长江滚滚来"，"边"是名词，"尽"是动词，似乎不对，但是"无"对"不"被认为工整，而"无"字后面必须跟名词，"不"字后面必须跟动词或形容词，只能做到这样了。

有一种对仗是句中自对而后两句相对。这样的对仗就只要求句中自对的工整，不再要求两句相对的工整，只要词类相对就行了。例如"海内风尘诸弟隔，天涯涕泪一身遥"，"风"对"尘"、"涕"对"泪"已经很工整，"风尘"对"涕泪"就可以从宽了。又如"惟将迟暮供多病，未有涓埃答圣朝"，"迟"与"暮"相对，"涓"与"埃"相对，两句相对就可以从宽了。

过分追求对仗的工整会束缚思想。杰出的诗人能做到内容和形式的统一。一般说来，晚唐的对仗比盛唐的对仗工整，但是晚唐的诗不及盛唐的诗意境高超。可见片面地追求对仗的工整是不能达到写好诗的目的的。

第八讲　古　风

古风又称古体诗，它是跟律诗又称今体诗（或近体诗）对立的。古风的主要特点是：

（1）不但可见用平韵，而且可以用仄韵，又可以换韵；（2）用韵较宽，不受韵书的限制；（3）不拘平仄；（4）不拘对仗；（5）不拘字数。

试看下面两个例子：

月下独酌　　李　白

花间一壶酒，独酌无相亲。
举杯邀明月，对影成三人。
月既不解饮，影徒随我身。
暂伴月将影，行乐须及春。
我歌月徘徊，我舞影零乱。
醒时同交欢，醉后各分散。
永结无情游，相期邈云汉。

望　岳　　杜　甫

岱宗夫如何？齐鲁青未了。
造化钟神秀，阴阳割昏晓。
荡胸生曾云，决眦入归鸟。
会当凌绝顶，一览众山小。

应该注意，古风的字数可能与律诗的字数适相符合，但不能因此就认为是律诗。如杜甫的《望岳》虽然恰巧用了四十个字，但它用的是仄韵，而且不拘平仄，所以不是律诗。

自从有了律诗以后，诗人们写古风的时候，尽可能少用律句，多用拗句，只求格调高古。拗句的平仄特点，主要是：五言二、四字同声，七言二、四字或四、六字同声。在上面所举的两首古风中，"花间"句、"举杯"句、"月既"句、"行乐"句、"我歌"句、"醒时"句、"相期"句、"岱宗"句、"齐鲁"句、"阴阳"句、"荡胸"句，都是二、四字同声的。

如果从三字尾看，拗句有这样四种三字尾：（1）仄平仄；（2）仄仄仄；（3）平仄平；（4）平平平。

在上面所举的两首古风中，"花间"句、"暂伴"句、"我舞"句、"醉后"句、"相期"句、"阴阳"句、"决眦"句、"会当"句、"一览"句，都是仄平仄收尾的；"月既"句是仄仄仄收尾的；"影徒"句、"行乐"句都是平仄平收尾的；"独酌"句、"对影"句、"醒时"句、"永结"句、"岱宗"句、"荡胸"句，都是平平平收尾的。这样，只剩下"造化"句是律句，诗人着意避免律句是很明显的。

也有相反的情况，那就是所谓"入律的古风"。这种古风基本上用的是律句，而且在许多地方黏对合乎律诗的规定。例如：

桃源行　　王　维

渔舟逐水爱山春，两岸桃花夹古津。

坐看红树不知远，行尽青溪忽值人。

山口潜行始隈隩，山开旷望旋平陆。

遥看一处攒云树，近入千家散花竹。

樵客初传汉姓名，居人未改秦衣服。

居人共住武陵源，还从物外起田园。

月明松下房栊静，日出云中鸡犬喧。

惊闻俗客争来集，竞引还家问都邑。

平明闾巷扫花开，薄暮渔樵乘水入。

初因避地去人间，更问神仙遂不还。

峡里谁知有人事，世中遥望空云山。

不疑灵境难闻见，尘心未尽思乡县。

出洞无论隔山水，辞家终拟长游衍。

自谓经过旧不迷，安知峰壑今来变？

当时只记入山深，青溪几度到云林。

春来遍是桃花水，不辨仙源何处寻。

就上面这一首古风来看，可以说全首都是律句；其中有一大半是正常的律句，一小半是变格的律句。入律的古风在押韵上有一个特点，就是往往四句一换韵（有时是六句一换韵），而且是平韵和仄韵交替。这样就像许多首平韵七绝和仄韵七绝交织起来的长诗。白居易的《长恨歌》和《琵琶行》也可以算是入律的古风，不过不像这一首全用律句罢了。

古风分为五言古诗（简称五古）和七言古诗（简称七古）。上面所举李白的《月下独酌》、杜甫的《望岳》就是五古，王维的《桃源行》就是七古。此外还有一种杂言，又称长短句。杂言诗往往以七字句为主，夹杂着三字句、五字句，有时候还夹杂着四字句、六字句以至十字句。下面是杂言诗的一个例子：

兵车行　　杜　甫

车辚辚，马萧萧，行人弓箭各在腰。耶娘妻子走相送，尘埃不见咸阳桥。牵衣顿足拦道哭，哭声直上干云霄。道旁过者问行人，行人但云点行频。或从十五北防河，便至四十西营田。去时里正与裹头，归来头白还戍边。边庭流血成海水，武皇开边意未已。君不闻汉家山东二百州，千村万落生荆杞！纵有健妇把锄犁，禾生陇亩无东西。况复秦兵耐苦战，被驱不异犬与鸡！长者虽有问，役夫敢申恨？且如今年冬，未休关西卒。县官急索租，租税从何出？信知生男恶，反是生女好。生女犹得嫁比邻，生男埋没随百草！君不见青海头，古来白骨无人收，新鬼烦冤旧鬼哭，天阴雨湿声啾啾。

杂言诗一般不另立一类，只归入七言古诗。

第九讲　词牌和词谱

词牌是词调的名称。所谓词调，包括词的字数、韵数以及平仄格式。凡举一首词为例，注明字数、押韵的地方，以及某字可平可仄等，叫作词谱。

词也是长短句，但是它跟古风杂言诗的长短句不同，因为词的字数是固定的，韵数是固定的，平仄也是固定的。词人们依照词谱来写词，叫作"填词"。

词牌有《菩萨蛮》《忆秦娥》《忆江南》《虞美人》《浣溪沙》《浪淘沙》《清平乐》《如梦令》《蝶恋花》《渔家傲》《西江月》《风入松》《鹧鸪天》《满江红》《念奴娇》《水调歌头》《沁园春》《凤凰台上忆吹箫》，等等。词牌可以等于题目，如白居易的《忆江南》。但是，一般地说，词牌并不是词的题目。词可以没有题目；如果有题目，只注在词牌的下面。每一个词牌有一个词谱；也有多到几个词谱的，叫作"又一体"（但其中只有一种是常见的）。

现在试举《忆江南》为例：

忆江南（又名望江南）　　廿七字

平⊙仄，⊙仄仄平平。⊙仄⊙平平仄仄，⊙平⊙仄仄平平。⊙仄仄平平。

（字外加圈表示可平可仄，字下加"△"表示押
韵，下同。）

忆江南　　白居易

　　江南好，风景旧曾谙。日出江花红胜火，
春来江水绿如蓝。能不忆江南？

忆江南　　温庭筠

　　梳洗罢，独倚望江楼。过尽千帆皆不是，
斜晖脉脉水悠悠。肠断白蘋洲。

望江南　　李　煜

　　多少恨，昨夜梦魂中。还似旧时游上苑，
车如流水马如龙。花月正春风！

　　词有单调，有双调。单调不分段，《忆江南》就
是单调的例子。双调分为两段，前段叫作前阕，后
段叫作后阕。前后阕的字数、韵数、平仄格式往往
是一致的，这就好像一个歌谱配上两首歌词。试举
《浪淘沙》和《蝶恋花》为例：

浪淘沙　　五十四字

　　‖⊙仄仄平平，⊙仄平平。⊛平⊙仄仄平平。
⊙仄⊛平平仄仄，⊙仄平平。‖

（‖号表示重复一次，下同。）

浪淘沙　　李　煜

帘外雨潺潺，春意阑珊。罗衾不耐五更寒。
梦里不知身是客，一晌贪欢。

独自莫凭栏，无限江山。别时容易见时难。
流水落花春去也，天上人间！

浪淘沙　　欧阳修

把酒祝东风，且共从容。垂杨紫陌洛城东。
总是当时携手处，游遍芳丛。

聚散苦匆匆，此恨无穷。今年花胜去年红。
可惜明年花更好，知与谁同！

蝶恋花（又名鹊踏枝）　　六十字

‖ 仄仄平平平仄仄。仄仄平平，仄仄平平仄。
仄仄平平平仄仄。平平仄仄平平仄。‖

蝶恋花　　晏　殊

六曲阑干偎碧树。杨柳风轻，展尽黄金缕。
谁把钿筝移玉柱？穿帘海燕双飞去。

满眼游丝兼落絮。红杏开时，一霎清明雨。
浓睡觉来莺乱语，惊残好梦无寻处！

蝶恋花　苏　轼

花褪残红青杏小。燕子飞时，绿水人家绕。
枝上柳绵吹又少，天涯何处无芳草？

墙里秋千墙外道。墙外行人，墙里佳人笑。
笑渐不闻声渐杳，多情却被无情恼！

更常见的情况是：或者是前后阕的字数不完全
相同，或者是平仄格式稍有变化，但是基本上还是
一致的。试举《菩萨蛮》为例：

菩萨蛮　四十四字

平平仄仄平平仄，平平仄仄平平仄。仄仄仄
平，仄平平仄平。

平平平仄仄，仄仄平平仄。仄仄仄平平，平
仄平。

（这个词谱共用四个韵，并且是仄声韵和平声韵
交替。前后阕末句不能犯孤平。）

菩萨蛮　李　白（？）

平林漠漠烟如织，寒山一带伤心碧。暝色
入高楼，有人楼上愁。

玉阶空伫立，宿鸟归飞急。何处是归程？
长亭连短亭！

菩萨蛮（书江西造口壁）　　辛弃疾

郁孤台下清江水，中间多少行人泪？西北是长安，可怜无数山！

青山遮不住，毕竟东流去。江晚正愁余，山深闻鹧鸪。

又试举《忆秦娥》《浣溪沙》等为例：

忆秦娥　　四十六字

平平仄，⊙平⊙仄平平仄。平平仄，⊙平⊙仄，仄平平仄。

⊙平⊙仄平平仄，⊙平⊙仄平平仄。平平仄，⊙平⊙仄，仄平平仄。

（前后阕第三句叠三字。）

忆秦娥　　李　白（？）

箫声咽，秦娥梦断秦楼月。秦楼月，年年柳色，灞陵伤别。

乐游原上清秋节，咸阳古道音尘绝。音尘绝，西风残照，汉家陵阙。

忆秦娥　　范成大

楼阴缺，阑干影卧东厢月。东厢月，一天风露，杏花如雪。

隔烟催漏金虬咽，罗帏黯淡灯花结。灯花结，片时春梦，江南天阔。

浣溪沙　　四十二字

⊘仄平平仄仄平，⊕平⊘仄仄平平。平平⊘仄仄平平。

⊘仄⊕平平仄仄，⊕平⊘仄仄平平。⊕平⊘仄仄平平。

（后阕首二句一般都用对仗。）

浣溪沙　　晏　殊

一曲新词酒一杯，去年天气旧池台。夕阳西下几时回？

无可奈何花落去，似曾相识燕归来。小园香径独徘徊。

浣溪沙　　秦　观

漠漠轻寒上小楼，晓阴无赖似穷秋。淡烟流水画屏幽。

自在飞花轻似梦，无边丝雨细如愁。宝帘闲挂小银钩。

满江红　　九十三字

⊘仄平平，平⊕仄、⊕平仄仄。平⊕仄、⊕平

仄仄，平平仄仄。仄仄平平平仄仄，平平仄仄平平
仄。仄仄平、仄仄仄平平，平平仄。

　　平平仄，平平仄。平平仄，平平仄。仄平平仄
仄，仄平平仄。仄仄平平平仄仄，平平仄仄平平仄。
仄平平、仄仄仄平平，平平仄。

（此调一般用入声韵。）

满江红　　岳　飞

　　怒发冲冠，凭阑处、潇潇雨歇。抬望眼，
仰天长啸，壮怀激烈。三十功名尘与土，八千
里路云和月。莫等闲、白了少年头，空悲切。

　　靖康耻，犹未雪。臣子恨，何时灭？驾长
车、踏破贺兰山缺。壮志饥餐胡虏肉，笑谈渴
饮匈奴血。待从头、收拾旧山河，朝天阙。

（照词谱应在"破"字后面略有停顿。）

满江红（金陵怀古）　　萨都拉①

　　六代豪华，春去也、更无消息。空怅望、
山川形胜，已非畴昔。王谢堂前双燕子，乌衣
巷口曾相识。听夜深、寂寞打孤城，春潮急。

　　思往事，愁如织；怀故国，空陈迹。但荒
烟衰草，乱鸦斜日。玉树歌残秋露冷，胭脂井

_____

① 现通常写作萨都剌，下同。

坏寒螀泣。到而今、只有蒋山青，秦淮碧。

念奴娇（百字令）　　一百字

仄平平仄，仄仄仄仄、平平平仄（或者是平
仄仄、仄仄平平仄）。仄仄平平平仄仄，仄仄平平
仄。仄仄平平，平平仄仄，平仄平平仄。平平
仄，仄平平仄平仄。

平仄平仄平平，平平仄、仄仄平平仄（或者
是仄平平仄仄，平平平仄）。仄仄平平平仄仄，仄仄
平平平仄。仄仄平平，平平仄仄，仄仄平平仄。平
平平仄，仄平平仄平仄。

（此调一般用入声韵。）

念奴娇[①]　　苏　轼

大江东去，浪淘尽、千古风流人物。故垒
西边人道是：三国周郎赤壁。乱石穿空，惊涛
拍岸，卷起千堆雪。江山如画，一时多少豪杰。

遥想公瑾当年，小乔初嫁了，雄姿英发。羽
扇纶巾谈笑处，樯橹灰飞烟灭。故国神游，多情
应笑，我早生华发。人生如梦，一樽还酹江月。

---

①　苏轼《念奴娇·赤壁怀古》传有不同版本，本书此处与附录
《宋词三首讲解》中所用字词、句读略有不同，为尊重原文风
貌，不作改动。

念奴娇（石头城）　萨都拉

石头城上，望天低吴楚、眼空无物。指点六朝形胜地，惟有青山如壁。蔽日旌旗，连云樯橹，白骨纷如雪。大江南北，消磨多少豪杰！

寂寞避暑离宫，东风辇路、芳草年年发。落日无人松径冷，鬼火高低明灭。歌舞尊前，繁华镜里，暗换青青发。伤心千古，秦淮一片明月！

为篇幅所限，不能把所有的词谱都写下来。清人万树编的《词律》和清人徐本立编的《词律拾遗》共收八百多个调，清人舒梦兰编的《白香词谱》共收一百个调，我的《汉语诗律学》共收二百零六个调，《诗词格律》共收五十个调，都可以参考。

第十讲　词韵和平仄

词韵和诗韵没有很大的分别，只是词韵比律诗的韵宽些。再说，由于词比诗更加接近口语，所以宋代词人不再拘泥唐人的韵部，而只凭当代的语音来押韵。试看下面的例子：

渔家傲　　范仲淹

塞下秋来风景异，衡阳雁去无留意。四面边声连角起。千嶂里，长烟落日孤城闭。

浊酒一杯家万里，燕然未勒归无计。羌管悠悠霜满地。人不寐，将军白发征夫泪。

这里"异""意""起""里""闭""里""计""地""寐""泪"押韵。但是，如果依照唐韵，"异""意""起""里""里""地""寐""泪"是一类，"闭""计"是一类，这两类是不能互相押韵的。

上声字和去声字，在唐诗里很少互相押韵；到了宋词里就变为经常通押了。例如上文所举晏殊《蝶恋花》的"树""去""絮""处"是去声字，而"缕""柱""语"是上声字；苏轼《蝶恋花》的"小""绕""少""草""道""杏""恼"是上声字，而"笑"是去声字；辛弃疾《菩萨蛮》的"水"是

上声字，而"泪"是去声字；范仲淹《渔家傲》的
"异""意""闭""计""地""寐""泪"是去声字，
而"起""里""里"是上声字（就现代普通话说，
"柱""道"又变了去声）。至于入声韵，则仍旧是独
立的。

现在讲到词句的平仄，请先看下面的几个例子：

长相思　　白居易

汴水流，泗水流，流到瓜洲古渡头。吴山
点点愁。

思悠悠，恨悠悠。恨到归时方始休，月明
人倚楼。

摊破浣溪沙　　　李　璟

菡萏香销翠叶残，西风愁起绿波间。还与
韶光共憔悴，不堪看！

细雨梦回鸡塞远，小楼吹彻玉笙寒。多少
泪珠何限恨，倚阑干！

虞美人　　　李　煜

春花秋月何时了？往事知多少？小楼昨夜
又东风，故国不堪回首月明中。

雕阑玉砌应犹在，只是朱颜改。问君还有
几多愁？恰似一江春水向东流！

清平乐　　黄庭坚

春归何处？寂寞无行路。若有人知春去处，唤取归来同住。

春无踪迹谁知？除非问取黄鹂。百啭无人能解，因风飞过蔷薇。

如梦令　　秦　观

莺嘴啄花红溜，燕尾点波绿皱。指冷玉笙寒，吹彻小梅春透。依旧，依旧，人与绿杨俱瘦！

鹊桥仙　　秦　观

纤云弄巧，飞星传恨，银汉迢迢暗度。金风玉露一相逢，便胜却人间无数。

柔情似水，佳期如梦，忍顾鹊桥归路！两情若是久长时，又岂在朝朝暮暮？

凤凰台上忆吹箫　　李清照

香冷金猊，被翻红浪，起来慵自梳头。任宝奁尘满，日上帘钩。生怕离怀别苦，多少事、欲说还休！新来瘦，非干病酒，不是悲秋。

休休！这回去也，千万遍阳关，也则难留！念武陵人远，烟锁秦楼。惟有楼前流水，应念我、终日凝眸。凝眸处，从今又添，一段新愁！

　　律句是词的基础，不但五字句和七字句绝大多数是律句，连三字句、四字句、六字句、九字句也都是由律句变来的。现在仔细分析如下：

　　二字句，等于律句的平仄脚，如"依旧"；又等于律句的平平脚，如"休休"。

　　三字句，等于律句的三字尾。（1）平平仄，如"江南好""新来瘦""凝眸处"；（2）平仄仄，如"梳洗罢""多少恨""千嶂里""人不寐"；（3）仄仄平，如"汴水流""泗水流"；（4）仄平平，如"不堪看""倚阑干"。

　　四字句，等于七言律句的上四字。（1）平平仄仄，如"春归何处""纤云弄巧""飞星传恨""柔情似水""佳期如梦""被翻红浪""非干病酒"；（2）仄仄平平（注意，第三字一般不用仄声），如"香冷金猊""日上帘钩""不是悲秋""烟锁秦楼"。

　　五字句，等于五言律句。（1）仄仄平平仄，如"往事知多少"；（2）平平平仄仄，如"玉阶空伫立""青山遮不住"；（3）仄仄仄平平，如"昨夜梦魂中"；（4）平平仄仄平，如"吴山点点愁"。注意：有一种五字句实际上是一字逗加四字句，即仄——平平仄仄，如"任——宝奁尘满""念——武陵人远"。

　　六字句，等于七言律句的上六字。（1）仄仄平平仄仄，如"唤取归来同住""百啭无人能解""银汉迢迢暗度""忍顾鹊桥归路""莺嘴啄花红溜""燕尾点波绿皱""吹彻小梅春透""人与绿杨俱瘦""生怕离怀别苦""惟有楼前流水";(2)平平仄仄平平（注意：第五字一般不用仄声），如"春无踪迹谁知""除非唤取黄鹂""因风飞过蔷薇"。

七字句，等于七言律句。(1)平平仄仄平平仄（注意：第五字一般只用平声），如"平林漠漠烟如织"；(2)仄仄平平平仄仄，如"塞外秋来风景异"；(3)平平仄仄仄平平，如"问君还有几多愁"；(4)仄仄平平仄仄平，如"菡萏香销翠叶残"。注意：有一种七字句实际上是三字逗加四字句。如：(1)仄仄仄 —— 平平仄仄，如"便胜却 —— 人间无数"、"又岂在 —— 朝朝暮暮"；(2)平仄仄 —— 仄仄平平，如"多少事 —— 欲说还休"、"应念我 —— 终日凝眸"。

九字句，等于二字逗加七言律句，即仄仄 —— 平平仄仄仄平平，如"故国 —— 不堪回首月明中"、"恰似 —— 一江春水向东流"。也有等于四字逗加五言律句的。

词中还有一些拗句。有的是律句的变格，如"还与韶光共憔悴"（仄仄平平仄平仄）、"有人楼上愁"（仄平平仄平）；有的是不拘平仄，如"从今又添，一段新愁"（"添"字没有用仄声）。

词中也有一些特定的平仄格式，如《忆秦娥》前后阕末句必须是"仄平平仄"，而不能用"平平仄仄"。这些都是要从词谱中仔细体会的。

答读者问

《诗词格律十讲》的读者们来信提出一些问题，现在我来解答一下：

问：旧体诗词格律是经过怎样的演变才形成那个样子的？为什么那样就算好？

答：这是一个科学研究的题目，还没有人深入探讨过。律句是逐渐形成的，起初只是技巧，不是格律，并没有规定必须这样做。但诗人自己大约是有意识地这样做的。范文澜同志在《文心雕龙·声律》注中引曹植《赠白马王彪》中的"孤魂翔故域，灵柩寄京师"，《情诗》中的"游鱼潜绿水，翔鸟薄天飞。始出严霜结，今来白露稀"，并且说："皆音节谐和，岂尽出暗合哉？"这可以说是律句的萌芽。后来诗人们继续从声律方面揣摩，逐渐积累经验，到了庾信等人的时代，已经有整套经验了，但是还没有规定为格律。到了初唐的末期，才明白定为格律。南北朝的骈体文对律诗也有很大的影响，律诗又回过头影响了后代的骈体文（所谓"四六"）。至于为什么那样就算好，这牵涉到语言形式美的问题。我在《文艺报》一九六二年二月号发表了一篇《中国古典文论中谈到的语言形式美》，可以参看。

问："律绝"和"古绝"如何分别？

答："古绝"是不拘平仄的。在律诗未产生以前，只有"古绝"。律诗产生以后，仍旧有人写"古绝"，虽然或多或少要受律句的影响，但是只要有些地方不拘平仄，就只能算是"古绝"，不能算是"律绝"。李白诗的"疑是地上霜"一句是"平仄仄仄平"，李端诗的"细语人不闻"一句是"仄仄平仄平"，第二、四两字都是仄声；李白诗的"举头望明月"一句是"仄平仄平仄"，李端诗的"北风吹裙带"一句是"仄平平平仄"，第二、四两字都是平声，都不合于律句的规定，所以是"古绝"。再说，李白诗"床前明月光"和"低头思故乡"第三字用平声，李端诗"即便下阶拜"第三字用仄声，"开帘见新月"用"平平仄平仄"，虽都可以认为律句平仄的变格，但若结合其他拗句来看，"古绝"的韵味就很明显了。此外，不讲究黏对也是"古绝"的特点之一：如李白诗"举头"句与"疑是"句不黏，而且与"低头"句不对。用仄韵也是"古绝"的特点之一：如李端诗即用仄韵。如果一律用律句，还可认为仄韵律诗，否则只能算是"古绝"了。

问：可平可仄的地方的任意性有多大？

答：按原则说，既然可平可仄，那就是完全任意。圆圈内写"平"字或写"仄"字，只是依律句的理论应该是平声或仄声。但是有的诗人在这种地方特别讲究，仍旧运用拗救的办法。律句倒数第三字，常常是上句拗，下句救，例如李白《赠孟浩然》首联"吾爱孟夫子，风流天下闻"，杜甫《蜀相》颔联"映阶碧草自春色，隔叶黄鹂空好音"，都是出句倒数第三字应平而仄，是拗（"孟""自"）；对句倒数第三字应仄而用平，是救（"天""空"）。有的诗人连七字句的第一、第三两字也注意做到拗救，如白居易《钱塘湖春行》颔联"几处早莺争暖树，谁家新燕啄春泥"，出句第三字（"早"）用仄声是拗，对句第三字（"新"）用平声是救。又尾联对句"绿杨阴里白沙堤"，第一字（"绿"）用仄声是拗，第三字（"阴"）用平声是救。可能有些情况是偶然的；但是有些诗人（如白居易）则不是偶然的，因为这种做法在他们的诗集中是很常见的。不过，我们要注意把技巧和格律区别开来；这些讲究只是技巧，不是格律，所以我在《诗词格律十讲》里不讲它。

问：关于句中自对的问题可否再做些讲解？

答：句中自对不一定要平对仄，仄对平。"风"对"尘"、"涕"对"泪"，是完全可以的。出句和对句相对，也不一定要平对仄，仄对平；五字句的第一字，七字句的第一、第三字都可以平对平，仄对仄。例如杜甫《春望》："感时花溅泪，恨别鸟惊心。""感"对"恨"是以仄对仄。又如杜甫《客至》："花径不曾缘客扫，蓬门今始为君开。盘飧市远无兼味，樽酒家贫只旧醅。""花"对"蓬"，"盘"对"樽"，都是以平对平。

"风尘"对"涕泪"不算十分工整，因为风尘是天文，涕泪是形体。上文讲方位对颜色、天文对时令也算工对，因为那是邻类。邻类是依照诗人们的传统习惯，如方位对颜色，有些则是按照性质的相近，如天文对时令。拿"日""月"二字为例，"日""月"指太阳、月亮是天文，指一天、一个月是时令，而时令的"日""月"正是与天文的"日""月"发生关系的。

八言对联中的上下自对（上四字对下四字），正是句中自对。但是，即使在这种情况下，上联和下联也不是可见完全不对，只不过可以从宽罢了。

问：双声叠韵是怎么一回事？

答：连续的两个字声母相同，叫作"双声"；韵母相同，叫作叠韵。例如"丰富"是双声，因为"丰"（fēng）和"富"（fù）的声母都是"f"，"灿烂"是叠韵，因为"灿"（càn）和"烂"（làn）的韵母都是"an"。律诗的对仗要注意双声词和双声词相对，叠韵词和叠韵词相对，或者是双声词和叠韵词相对。例如白居易诗："田园寥落干戈后，骨肉流离道路中。""寥落""流离"都是双声词。又如李商隐诗："远路应悲春晼晚，残宵犹得梦依稀。""晼晚""依稀"都是叠韵词。

问：可否请您再将曲律讲一两讲？

答：词与曲的道理是差不多的；懂了词的格律，就可以类推到曲的格律。曲律与词律的不同，主要有两点：一、曲谱与词谱不同；二、词的字数有定，曲的字数无定，曲中可以插进一些"衬字"。我之所以不讲曲律，是因为牵涉到剧本问题，不是简单一两讲可以讲得完的。可以看我的《汉语诗律学》第四章。

（编者按：王力同志的《诗词格律十讲》在《北京日报》发表后，读者曾提出一些问题。这是王力同志的解答，也在《北京日报》刊登过。我们附录于此，供读者参考。）

诗律余论

最近我写了两本关于诗词格律的小书。由于写的是通俗的小册子，我就完全是用自己的话来讲述诗词格律。其实我所讲述的东西，大部分是吸收了前人研究的成果。现在我写这一篇"余论"，就是想把前人的话，扼要地加以叙述和评论。一方面表示我不敢"掠美"，另一方面也可以让它跟我那两本小书互相补充。当年我写《汉语诗律学》的时候，只参考了董文涣的《声调四谱图说》，近来逐渐参考了其他书。董文涣的书大致是根据赵执信的《声调谱》写的。现在董文涣的书不在手边，我就不去谈它，而专谈近来看到的书了。

本文所谈到的书大致有下列几种：

1. 赵执信：《声调谱》（前谱、后谱）

2. 王士禛：《律诗定体》①

3. 王士禛：《五代诗话》

4. 何世璂：《然灯纪闻》②

---

① 《律诗定体》在《天壤阁丛书·声调三谱》内，据说是"先文简公手定。新城家塾传本"。

② 原题"渔洋夫子口授，新城何世璂述"。亦在《天壤阁丛书·声调三谱》内。

5. 严羽:《沧浪诗话》

6. 谢榛:《四溟诗话》

7. 王夫之:《姜斋诗话》

限于篇幅,这里只谈谈关于近体诗的问题。第一是关于平仄的问题;第二是关于押韵的问题;第三是关于对仗的问题。

一、关于平仄的问题

我在我的关于诗词格律的著作里批评了"一三五不论,二四六分明"这一口诀的片面性。这个口诀大约起于明代。释真空的《贯珠集》载有这样一段话:

> 平对仄,仄对平,反切要分明。有无虚与实,死活重兼轻。上去入音为仄韵,东西南字是平声。一三五不论,二四六分明。

这种分析并不完全合于律诗的实际情况,所以王夫之在他的《姜斋诗话》里批评说:

> 一三五不论,二四六分明之说,不可恃为典要。"昔闻洞庭水","闻""庭"二字俱平,正尔振起。若"今上岳阳楼"易第三字为平声,云"今上巴陵楼",则语寒而庚于听矣。"八月湖水

平"，"月""水"二字皆仄，自可；若"涵虚混太清"易作"混虚涵太清"，为泥磬土鼓而已。又如"太清上初日"，音律自可；若云"太清初上日"，以求合于黏（力按，合于黏在这里指合于平仄），则情文索然，不复能成佳句。又如杨用修警句云："谁起东山谢安石，为君谈笑净烽烟？"若谓"安"字失黏（力按，失黏在这里指不合平仄），更云"谁起东山谢太傅"，拖沓便不成响。足见凡言法者，皆非法也。

王夫之这一段话有许多缺点：第一，"昔闻洞庭水""八月湖水平"恰好是不合常规的句子，不足以破"一三五不论"的规则；第二，"混虚涵太清"按平仄说的正是律诗所容许的（这是所谓"孤平拗救"），不能视为泥磬土鼓；第三，"太清上初日"与"太清初上日"，"谁起东山谢安石"与"谁起东山谢太傅"，在平仄上同是合于诗律的，只是语法和词汇上有所不同罢了；第四，王夫之看见了"一三五不论，二四六分明"这一个口诀的片面性，因此就得出结论说"足见凡言法者，皆非法也"，从根本上否定了诗律，这更是不妥的。但是，他否定这个口诀则是对的。

同样是批评"一三五不论，二四六分明"，赵执信却比王夫之高明多了。赵氏在《声调前谱》说：

平平仄仄仄，下句仄仄仄平平，律诗常用；
若仄平仄仄仄，则为落调矣。盖下有三仄，上必
二平也。

律诗平平仄仄平，第二句之正格①。若仄
平平仄平，则变而仍律者也（即是拗句）；仄
平仄仄平，则古诗句矣。此格人多不知者，由
"一三五不论"二语误之也。

平平平仄仄（这是五言平起的正格）可以改为
平平仄仄仄，似乎可以证明"一三五不论"；但是，
第三字改仄后，第一字不能再改仄，否则变为仄平
仄仄仄，就落调了②。可见"一三五不论"的口诀仍
旧是不全面的。

仄平仄仄平，就是我的书中所谓犯孤平。孤平
是古体诗所允许的，所以赵氏说是"古诗句"。仄平
平仄平，就是我的书中所谓"孤平拗救"，救后仍旧
合律，所以赵氏说是"变而仍律者也"。王夫之所说
的"混虚涵太清"，正是变而仍律的例子。

---

① 指李商隐《落花》的第二句，参看下文。当然这个平仄格
式也可以用于第四、第六、第八句。
② 关于这一点，我在《汉语诗律学》《诗词格律》《诗词格律
十讲》里都没有交代清楚，以后当考虑补充。再者，这种落调
的句子，盛唐时也有，如杜甫《送远》："别离已昨日。"但赵氏
注云："拗句，中唐后无。"作为常规来看，赵氏还是对的。

孤平是诗家的大忌，所以赵执信和王士禛都反复叮嘱，叫人不要犯孤平。赵执信于杜牧诗句"茧蚕初引丝"注云："第一字仄，第三字必平。"又于王维诗句"应门莫上关"，特别注明"应"字读平声[①]，怕人误会，以为王维犯孤平。王士禛在《律诗定体》中说：

> 五律凡双句二四应平仄者（力按，即对句第二字应平，第四字应仄者），第一字必用平，断不可杂以仄声。以平平止有二字相连，不可令单也。[②]

他在"怀古仍登海岳楼"的"仍"字下，"玉带山门诉旧游"的"山"字下，"待旦金门漏未稀"的"金"字下，"剑佩森严彩仗飞"的"森"字下，都注云"此字关系"。在"万国风云护紫微"的"风"字下注云"关系"，可见这些地方都不能改用仄声字。看来在清初的时代，已经有不少人为"一三五不论"

———————————

① 我在《诗词格律》的附注里，也注明杜甫诗句"应门幸有儿""应门试小童"的"应"字读平声。"应门幸有儿"，仇兆鳌说"应"字"蔡云于陵切"。

② 依王说，孤平也可以叫作单平。单平指的是相连的两个平声缺了一个，跟我的解释也稍有不同。（我对孤平的解释是：除了韵脚之外，只剩一个平声字了。）但是，所指的事实是一样的。

的口诀所误，初学作诗时没有注意避免孤平，所以
王士禛才这样反复叮嘱的。

　　我在《诗词格律》中提到一种特定的平仄格
式，赵执信和王士禛也都提到了。这种格式在五言
是平平仄平仄，在七言是仄仄平平仄平仄。赵执信
在杜牧诗句"行人碧溪渡"下面注得很详细："碧"
字"宜平而仄"，"溪"字"宜仄而平"，这是"拗
句"；"第四字拗平，第三字断断用仄，今人不论者
非。"赵氏于杜甫诗句"遥怜小儿女"和"何时倚虚
幌"也都注明"拗句"，表示这是律诗所允许的特定
格式。王士禛在"好风天上至"一句下面注云："如
'上'字拗用平，则第三字必用仄救之。"又在"我
醉吟诗最高顶"一句下面注云："二字本宜用平仄，
而'最高'二字系仄平，此谓单句（力按，即出句）
第六字拗用平，则第五字必用仄以救之，与五言
三四一例。"（力按，等于说，跟五言第三四两字是
一样的。）

　　我在《诗词格律》讲到了三种拗救。第一种是
本句自救，讲的是孤平拗救，上文已经讲过了。我
所谓的特定格式，其实也是一种本句自救，所以王
士禛指出，在第四字拗用平的时候，"则第三字必
用仄救之"。但是，由于这种格式非常常见，所以
我把它特别提出来作为专项叙述，使它显得更为突
出。第二种是严格规定的对句相救：在该用仄仄平

平仄的地方，第四字用了仄声（或三四两字都用了仄声），就在对句的第三字改用平声以为补偿。赵执信在他的《声调前谱》里引了杜牧的诗句"苒苒迹始去，悠悠心所期"。他在出句"苒苒迹始去"下面注云："五字俱仄。中有入声字，妙。"在"心"字下注云："此字必平，救上句。"又在全句下面注云："此必不可不救，因上句第三、第四字皆当平而反仄，必以此第三字平声救之，否则落调矣。上句仄仄平仄仄亦同。"他又在《声调后谱》引杜甫《送远》的"草木岁月晚，关河霜雪清"，在"草木"句注云："五仄字。'木''月'二字入声妙。五仄无一入声字在内，依然无调也。"又在"霜"字下注云："此字必平。"他又引了李商隐的《落花》：

> 高阁客竟去，小园花乱飞。
> 参差连曲陌，迢递送斜晖。
> 肠断未忍扫，眼穿仍欲归。
> 芳心向春尽，所得是沾衣。

他在"高阁"句下注云："拗句起。"又在"肠断"句下注云："同起句。"在"花"字下注云："此字拗救。"在"眼穿"句下注云"同次句"，按即同"小园"句。"小园"句和"眼穿"句都跟上述杜牧的"悠悠"句稍有不同："悠悠"句只是第三字用平，第一字并没有用仄；"小园"句和"眼穿"句则不但第三字用平，而且第一字还用了仄声，造成了孤平拗救。孤平拗救和拗起句恰相配合，所以赵氏在"眼"字下注云："此字用仄妙。"我在《诗词格律十讲》中说："这样，倒数第三字所用的平声非常吃重，它一方面用于孤平拗救，另一方面还被用来补偿出句所缺乏的平声。"

　　第三种是不严格规定的拗救，我所谓"可救可不救"。这跟《律诗定体》和《声调谱》稍有出入。《律诗定体》在诗句"粉署依丹禁，城虚爽气多"下面注云："如单句，'依'字拗用仄，则双句'爽'字必拗用平。"①《声调前谱》说："起句仄仄仄平仄，或平仄仄平仄。唐人亦有此调，但下句必须用三平或四平（如仄平平仄平，平平平仄平是也）。"《声调后谱》引了杜甫《春宿左省》的"花隐掖垣暮，啾啾栖鸟过"。"掖"字下注云"拗字"，"栖"字下注一个"平"字。又引杜甫《送远》的"带甲满天地，胡为君远行"，"带甲"句下注云"拗句"，"君"字下面也注一个"平"字。王、赵都说"必"或"必须"，似乎是严格的拗救，而不是可救可不救；但

---

① 《律诗定体》所引的律诗都未列作者姓氏。这里的两种和上文所引的"好风天上至"出自同一首诗里。已经查出是明人金幼孜的诗。其余上文所引的诗句未能查明作者是谁。

是，我考虑到唐诗中的确也有不救的，如李白《送友人》在尾联"挥手自兹去，萧萧班马鸣"虽然救了，但在颔联"此地一为别，孤蓬万里征"却是拗而不救。不如说得灵活一些，以免绝对化了，反而不便初学。赵执信在杜牧诗句"野店正纷泊，茧蚕初引丝"下面也说："第三字救上句，亦可不救。"可见，我说"可救可不救"还是有根据的。

第三种和第二种的性质很相近，所以对句相救的办法完全相同。孤平拗救同样是第三种拗救的重要手段，倒数第三字的平声字也非常吃重，它一方面用于孤平拗救，另一方面还被用来补偿出句所缺乏的平声。所以赵执信的《声调后谱》在分析杜甫《所思》"九江日落醒何处，一柱观头眠几回"的时候说："观字仄，眠字必平，此字救上句，亦救本句。"这也是一身兼两职的意思①。

用孤平拗救来进行本句自救和对句相救，中晚唐以后成为一种风尚。李商隐用得很多，如上文所引的《落花》，在一首诗中连用两次，显然是有意造成的。其他如《蝉》里的"薄宦梗犹泛，故园芜已平"。例子不胜枚举。用四平的句子来进行拗救（倒数第三字必平），也同样是常见的，如李商隐《二

---

① 可惜举的例子不很妥当。"醒"字有平、去两读，不能确定杜甫把它读作去声还是平声。

月二日》："花须柳眼各无赖，紫蝶黄蜂俱有情。"又《对雪》："梅花大庾岭头发，柳絮章台街里飞。"

我们在研究诗的平仄格式的时候，首先要知道字的喜读。上文所说的"应门"的"应"该读平声，就是一个例子。李商隐《隋宫》绝句："春风举国裁宫锦，半作障泥半作帆。"按《广韵》"障"字有平、去两读，这里应读平声，如果读去声，就犯孤平了。李商隐《雨中长乐水馆送赵十五滂不及》末句"夫君太骋锦障泥"，足以证明"障"字读平声，不读去声。李商隐《漫成》："此诗谁最赏，沈范两尚书。"薛逢《送李商隐》："莲府望高秦御史，柳营官重汉尚书。"按《广韵》阳韵有"尚"字，音与"常"同，注云："尚书，官名。"字典不收此音，这样就让人疑为落调了。

由上所论，可见"一三五不论"的口诀确是不全面的。王士祯也反对这个口诀。何世璂《然灯纪闻》据说是王士祯所口授，其中也有一段说：

> 律诗只要辨一三五。俗云"一三五不论"，怪诞之极！决其终身必无通理！

平心而论，"一三五不论，二四六分明"这个口诀对初学诗的人也有一点儿好处；但是要告诉他，仄平脚的七字句第三字不能不论，仄平脚的五字句第一字不能不论等，也就能照顾全面了。

这些书很少讲到黏对的问题，只有《声调后谱》引了杜甫的《所思》：

> 苦忆荆州醉司马，谪官樽酒定常开。九江日落醒何处，一柱观头眠几回？可怜怀抱向人尽，欲问平安无使来。故凭锦水将双泪，好过瞿塘滟滪堆。

注云："第七句本是正黏，因第五句不黏，此句亦不黏矣。"由此可见：1. 盛唐尚有一些不黏的诗；2. 后来诗律渐密，大家开始注意黏的规则，所以有所谓正黏了。

我在《诗词格律十讲》中说："至于失对，则是更大的毛病，从唐宋直到近代人的诗集中，是找不到失对的例子的。"（在《汉语诗律学》和《诗词格律》里也有类似的话。）这话未免说得太绝对了。最近读了温庭筠的《春日》：

> 柳岸杏花稀，梅梁乳燕飞。
> 美人鸾镜笑，嘶马雁门归。
> 楚宫云影薄，台城心赏违。
> 从来千里恨，边色满戎衣。

不但"楚宫"句失黏，而且"台城"句也失对，在这种地方，可能是诗人一时失检，也可能是有意突破形式。如果我们说"失对"的情况非常罕见，也还是可以说的，但不能说绝对没有。有些诗人有意模仿齐梁体，如李商隐《齐梁晴云》不但失黏，而且失对。失对的两联是"缓逐烟波起，如妒柳绵飘"，"更奈天南位，牛渚宿残宵"。按，拗黏、拗对正是齐梁体的特点，是又当别论的。

二、关于押韵的问题

《广韵》共有二〇六韵，但是我们研究律诗并不需要掌握这二〇六韵。据封演《闻见记》，唐初许敬宗等人已经嫌《切韵》的韵窄[①]，"奏合而用之"。后代通行的平水韵实际上可以适用于唐诗，它成书虽晚，但是它基本上反映了"合而用之"的事实。除了并证于径（后来张天锡、王文郁又并拯于迥）是不合理的以外，只有并欣于文不合于唐诗的情况。顾炎武在《音论》中已经指出唐时欣韵通真而不通文，举杜甫《崔氏东山草堂》、独孤及《送韦明府》和《答李滁州》为例。戴震在《声韵考》中又举李白《寄韦六》、孙逖《登会稽山》、杜甫《赠郑十八

---

① 《切韵》是《广韵》的前身（中间又经过《唐韵》的阶段）。据《切韵》残卷看，《切韵》只有一百九十三韵。

赉》，证明隐韵只通准，而不通吻。直到晚唐还是这种情况。我注意到李商隐的《五松驿》："独下长亭念过秦，五松不见见舆薪。只应既斩斯高后，寻被樵人用斧斤。""斤"字是欣韵字，但是它跟真韵的"秦""薪"押韵。平水韵把"斤"归入文韵，就跟唐诗不合了。不过，这是仅有的例外，一般地说，平水韵是可以作为衡量唐诗用韵的标准的。

古体诗可以通韵，近体诗原则上不可以通韵。谢榛的《四溟诗话》云："九佳韵窄而险，虽五言造句已难，况七言近体？"可见近体即使用窄而险的韵，也是不容许出韵的。元稹《遣悲怀》三首，第一首全用佳韵字，第二首全用灰韵字，分用甚明。李商隐用韵，比起盛唐诗人们来，算是比较自由的了，但是他在近体诗中，对于险韵（如江韵），仍旧让它独用。例如《水斋》押"邦""江""窗""缸""双"，《因书》押"江""窗""缸""钉"，《巴江柳》押"江""窗"。

谢榛《四溟诗话》说："七言绝律，起句借韵，谓之'孤雁出群'，宋人多有之。"这里谢氏发现了一件很重要的事实，可惜讲得不够全面。先说，起句借韵不但七言诗有，五言诗也有。再说，不但宋人多有之，晚唐已经成为风尚，初唐与盛唐也有少数起句借韵的律绝。试看沈德潜的《唐诗别裁》，其中就有大量的起句借韵的例子：五律李白《访戴天山道士不遇》押"中""浓""钟""峰""松"；许浑《游维山新兴寺》押"村""曛""闻""云""军";五绝金昌绪《春怨》押"儿""啼""西";李贺《马诗》押"江""风""雄";七律李颀《送李回》押"农""雄""宫""中""东";李商隐《井络》押"中""峰""松""龙""踪";李咸用《题王处士山居》押"寒""年""船""烟""仙";章碣《春别》押"山""残""看""漫""寒";郑谷《少华甘露寺》押"邻""闻""云""分""群";韩偓《安贫》押"书""图""卢""须""竽";韦庄《柳谷道中作却寄》押"纷""魂""村""门""孙";沈彬《入塞》押"痕""文""君""云""曛";七绝张籍《秋思》押"风""重""封";白居易《白云泉》押"泉""闲""间";杜秋娘《金缕衣》押"衣""时""枝";武昌妓《续韦蟾句》押"离""归""飞"。《四溟诗话》引张说《送萧都督》,诗中押"江""宗""逢""冬""重",以为"此律诗用古韵也"。其实也是起句借韵,因为江韵与冬韵正是邻韵,可以相借。起句借韵的情况并不能说明古人用韵很宽;相反地,它正足以说明古人用韵很严,因为只有起句可以借韵,而且只限于借用邻韵。起句为什么可以借韵呢?这因为起句本来可以不用韵。王勃《滕王阁序》说:"一言均赋,四韵俱成。"他的《滕王阁诗》共用了六个韵脚而说是四韵,就是因为没有把起句的韵算在里边。总之,起句借韵不能算是通的。

这并不是说,通韵的情况就绝对没有了。已经有人注意到，李商隐往往以东、冬通用，萧、肴通用。前者如《少年》押"功""封""中""丛""蓬"（"封"是冬韵字）；《无题》押"重""缝""通""红""风"（"重""缝"是冬韵字）；后者如《茂陵》押"梢""郊""翘""娇""萧"（"梢""郊"是肴韵字）。冯浩《玉溪生诗详注》在《茂陵》一诗中引《戊签》云"首二句误出韵"，而自加按语云："按唐人不拘。"其实两种说法都是不正确的。李商隐有意识地押通韵，我们不能说他是误出韵；唐人近体诗一般都不通韵，李商隐自己也是尽可能不通韵，我们不能笼统地说唐人不拘。

严羽《沧浪诗话》说："有辘轳韵者，双出双入，有进退韵者，一进一退。"王士禛《五代诗话》（郑方坤补）第八卷引《缃素杂记》说："郑谷与僧齐己、黄损等，共定近体诗格云：'凡诗用韵有数格：一曰葫芦，一曰辘轳，一曰进退。葫芦韵者，先二后四；辘轳韵者，双出双入；进退韵者，一进一退，失此则谬矣。'余按《倦游杂录》载唐介为台官，廷疏宰相之失。仁庙怒，谪英州别驾。朝中士大夫以送行者颇众，独李师中待制一篇为人传诵。诗曰：'孤忠自许众不与，独立敢言人所难。[1]去国一身轻似叶，高名千古

---

[1]　"众""不"二字俱仄，下句"人"字用平声，既是孤平拗救，又是对句相救，参看上文。

重于山。并游英俊颜何厚？未死奸谀骨已寒！天为吾
君扶社稷，肯教夫子不生还？'此正所谓进退韵格也。
按《韵略》：'难'字第二十五、'山'字第二十七，'寒'
字又在第二十五，而'还'又在第二十七，一进一退，
诚合体格，岂率尔为之哉？近阅《冷斋夜话》，载当时
唐李对答，乃以此诗为落韵诗。盖渠不知郑谷所定诗
歌有进退之说，而妄云云也。"吴乔《围炉诗话》卷一
说："平水韵视唐韵虽似宽，而葫芦等诸法俱废，则实
狭矣。"按，葫芦韵指排律而言，排律共用六个韵，前
两个韵脚用甲韵，后四个用乙韵。辘轳韵与进退韵皆
指律诗言，双出双入指的是前两个韵脚用甲韵，后两
个用乙韵；一进一退指甲乙两韵交互相押。上述李师
中的诗就是寒、删两韵交互相押的例子。但是，这些
理念是荒谬的。郑谷等几个人不可能定出一种今体诗
格来。试看郑谷自己就没有实现，以致《缃素杂记》
的作者只好另找李师中的诗为例。所谓葫芦格、辘轳
格、进退格，只是巧立名目，让诗人们押韵时有较多
的自由。但是，他又作茧自缚，加上一句"失此则谬
矣"。依照这种说法，起句借韵的诗以及像上述李商隐
的通韵诗反而是"谬"的，真是荒唐之至！即使郑谷
有此主张，也不堪奉为典要。诗人们不宗高岑李杜，
而崇拜一个郑鹧鸪，那也未免太陋了。

《五代诗话》引毛奇龄《韵学要指》说："八庚
之清，与九青不分，故清部中偏旁多从青、从令，

而今'屏''荧''声'诸字，则清、青二部均有之。宋韵以删重之令，删青部'声'字，而唐诗往往多见，此断宜增人者。今但举唐诗声韵，如李白短律：'胡人吹玉笛，一半是秦声。五月南风起，梅花落敬亭。'杜甫《客旧馆》五律：'重来梨叶赤，依旧竹林青。风幔何时卷？寒砧昨夜声。'李建勋《留题爱敬寺》五律：'空为百官首，但爱千峰青。斜阳惜归去，万壑鸟啼声。'喻凫《酬王擅见寄》五律：'夜月照巫峡，秋风吹洞庭。竟晚苍山咏，乔枝有鹤声。'裴硎《题石室七律》：'文翁石室有仪刑，庠序千秋播德声。古柏尚留今日翠，高山犹霭旧时青。'类可验。"这实际上也是通韵，而"声"是审母三等字，依语音系统是不可能入青韵的。

三、关于对仗的问题

《沧浪诗话》卷五说："有律诗彻首尾对者，少陵多此体，不可概举。有律诗彻首尾不对者，盛唐诸公有此体。如孟浩然诗：'挂席东南望，青山水国遥。轴舻争利涉，来往接风潮。问我今何适？天台访石桥。坐看霞色晚，疑是赤城标。'又'水国无边际'之篇，又太白'牛渚西江夜'之篇，皆文从字顺，音韵铿锵，八句皆无对偶。"严羽在这里讲的是特殊情况，因为就一般情况说，中两联对仗最为常见，其次是前三联对仗（这样，则首句往往不入韵）；彻首尾全对是相当少见的，至于彻首尾不对，则更为罕见了。

真正彻首尾对的律绝是不多见的。平常总是保留尾联不用对仗，这样才便于结束。《四溟诗话》说："排律结句不宜对偶。若杜子美'江湖多白鸟，天地有青蝇'①，似无归宿。"依我看来，岂但排律？即以一般律绝而论，结句用对偶，也令人有"似无归宿"之感。杜甫《绝句》："两个黄鹂鸣翠柳，一行白鹭上青天。窗含西岭千秋雪，门泊东吴万里船。"有点儿像话还没有说完。绝句本来就是断句，还容许有这种做法；至于律诗，就更不合适了。杜甫的律诗，尾联用对仗的虽然较多，但是往往用流水对，语意已完，也就收得住了。例如《闻官军收河南河北》尾联"即从巴峡穿巫峡，便下襄阳向洛阳"，又如《垂白》尾联"甘从千日醉，未许七哀诗"，都是《沧浪诗话》所谓"十四字对"和"十字对"（按，即流水对），这样绝不嫌没有归宿。另有一种情况是半对半不对，收起来更觉自然。胡鉴在《沧浪诗话》"有律诗彻首尾对者，少陵多此体，不可概举"下面注云："杜少陵《登高》一首是也。诗曰：风急天高猿啸哀，渚清沙白鸟飞回。无边落木萧萧下，不尽长江滚滚来。万里悲秋常作客，百年

---

① 杜甫：《寄刘峡州伯华使君四十韵》。

多病独登台。艰难苦恨繁霜鬓，潦倒新停浊酒杯。①"
依我看来，尾联正是半对半不对。"艰难"对"潦
倒"可以算是对仗，但其余的就不好说是对仗。"繁
霜鬓"应以"霜鬓"连读，不应以"繁霜"连读。
《佩文韵府》在"繁霜"条下不收杜句，而在"霜
鬓"条收杜句，那是很有道理的。杜甫《送何侍御
归朝》有"春日垂霜鬓"，《宴王使君宅》有"泛爱
容霜鬓"，可见"霜鬓"是杜甫诗中的熟语。"苦恨
繁霜鬓"只是"苦恨霜鬓已繁"，而不是"苦恨繁霜
之鬓"，因此就不能认为是以"繁霜"与"浊酒"为
对仗。这种半对半不对的句子正是适宜于作结句的，
更不能算是真正彻首尾对的例子。严羽所说"少陵
多此体，不可概举"的话也是夸大了的。

　　至于彻首尾不对，那只是律诗尚未成为定型的
时候的一种特殊情况。赵执信《声调后谱》说："开
元天宝之间，巨公大手颇尚不循沈宋之格。至中唐
以后，诗赋试帖日严，古近体遂判不相入。"这话
虽说的是平仄，但是关于对仗也可以这样说。杨慎
《升庵诗话》卷二说："五言律八句不对，太白、浩然

---

① 胡鉴又引宗叔敖诗："玉楼银榜枕严城，翠盖红旗列禁营。
日映层岩图画色，风摇杂树管弦声。水边重阁含飞动，云里孤
峰类削成。幸睹八龙游阆苑，无劳万里访蓬瀛。"其实尾联也
是流水对。

集有之，乃是平仄稳贴古诗也。"杨氏的话是对的，平仄稳贴是律，但彻首尾不对则还不完全符合律诗的规格。

《四溟诗话》卷四说："江淹《贻袁常侍》曰：'昔我别秋水，秋月丽秋天。今君客吴坂，春日媚春泉。'子美《哭苏少监》诗曰：'得罪台州去，时违弃硕儒。佗官蓬阁后，谷贵殁潜夫。'此皆隔句对，亦谓之扇对格。"我在《汉语诗律学》也讲到过扇面对，举了一些例子。至于《诗词格律》和《诗词格律十讲》，则因扇面对不是常见的情况，所以没有讲。

借对，则是比较常见的，我认为值得提一提。《沧浪诗话》说："有借对。孟浩然'厨人具鸡黍，稚子摘杨梅'，太白'水春云母碓，风扫石楠花'，少陵'竹叶于人既无分，菊花从此不须开'是也。"按，借"杨"为"羊"来对"鸡"，借"楠"为"男"来对"母"，这是借音；"竹叶"是酒名，借"叶"来对"花"这是借意。沈括《梦溪笔谈》卷十五又引了"当时物议朱云小，后代声名白日长"[1]，以"朱云"对"白日"也是借对。《四溟诗话》卷四引沈王西屏道人诗句"九关甲士图功日，三辅丁男习战秋"，以为"后联假对干支，妙"。我们并不提倡借对，但是必须承认古代诗人有借对的事实。像

---

[1] 今本《梦溪笔谈》无此例，据《修辞鉴衡》补。

刘长卿《长沙过贾谊宅》："汉文有道恩犹薄，湘水无情吊岂知?"借汉水的"汉"来对"湘"字，绝不是偶合的。特别是颜色的借对更为常见。李商隐《锦瑟》"沧海月明珠有泪，蓝田日暖玉生烟"，借"沧"为"苍"以对"蓝"。杜甫《赴青城县出成都》"东郭沧江合，西山白雪高"，以"沧"对"白"，也是这个道理。甚至《秋兴》第五首"一卧沧江惊岁晚，几回青琐点朝班"，尾联前半句也用对仗，以"沧"对"青"。

讲律诗必须分别三种不同的情况：第一是正格，也就是近体诗的一般作法。正格很重要，特别是对初学的人来说，若不讲求正格也就无从掌握诗律。第二是变格，变格只是变通一下，仍然合律，这是赵执信所谓"拗律"和"变而仍律"。赵氏虽然讲的是平仄，但是对于押韵和对仗，也可以由这个原理类推。第三是例外，不构成格律。具体说来是这样：

1．正格　就平仄说，五言平仄脚、仄仄脚、平平脚的句子第一字不论，仄平脚的句子每字都论；七言平仄脚、仄仄脚、平平脚的句子一三不论，仄平脚的句子第一字不论。就押韵说，必须严格地依照平水韵；就对仗说，律诗中两联用对仗。

2．变格　就平仄说，可用各种拗救；又仄仄脚可以连用三仄收尾，如果倒数第五字用平声的话。就押韵说，可以起句借韵；就对仗说，可以在颔联和颈联当中只用一个对仗，又可以共用三个对仗（只有尾联不对）。

3. 例外　就平仄说，用古体诗的平仄，如"昔闻洞庭水"（"昔"字仄声），"八月湖水平"（仄平脚的律句倒数第四字不能用仄声），等等。就押韵说，用了通韵（实际上是出韵，又叫落韵）；就对仗说，彻首尾用对仗。

讲诗律必须区别一般和特殊，正格和变格。如果过于强调特殊，以例外乱正规，那就简直无诗律可言。如果只讲正格，不讲变格，那又不够全面，会引起读者许多疑问。因此，我认为必须把正格和变格同时讲透；例外可以少讲，对初学者来说，甚至可以不讲，以免重点不突出，妨碍掌握格律。

（原载《光明日报·东风》，1962年8月6日；又收入《龙虫并雕斋文集》第一册。）

附　录

唐诗三首讲解

讲唐诗三首，我先分开来讲每一首诗的思想内容，再合起来讲这三首诗的表现方式和艺术技巧，最后讲一讲诗的格律。

一

望 岳① 杜 甫

岱宗②夫③如何？齐鲁④青未了。

造化⑤钟⑥神秀⑦，阴阳⑧割⑨昏晓。

---

① 〔望岳〕岳，指东岳泰山。公元735年（唐开元二十三年），杜甫到洛阳应进士考试，没有及第。他在赵齐一带（今河南、河北、山东）漫游，时间约在736—740年间。杜甫写这首诗时，大约是26岁或者27岁。

② 〔岱宗〕泰山。

③ 〔夫〕音扶（fú），语气词。

④ 〔齐鲁〕都是春秋时国名。齐国在今山东临淄一带，鲁国在今山东曲阜一带。

⑤ 〔造化〕创造和化育，这里指万物的创造者，即大自然的主宰。

⑥ 〔钟〕聚集，集中。

⑦ 〔神秀〕神妙，秀丽。

⑧ 〔阴阳〕山北为阴，山南为阳。

⑨ 〔割〕剖分，分开。

荡①胸生曾②云，决③眦④入归鸟。

会当⑤凌⑥绝顶⑦，一览众山小。

在诗里两句为一联，八句是四联。现在我就一联一联地讲。

第一联两句是说：泰山是怎样的一座山呢？它横亘齐鲁，一片青葱，绵延千里，看不到边。这是多么大的一座山哪！

第二联两句是说：大自然把世界上所有的神妙、秀丽的景象，都集中到泰山来了。泰山的高峰，耸入云霄，山南迎着太阳，天容易亮；山北背着太阳，天容易黑。这是多么高的一座山哪！

第三联两句是说：白天，高山上升起一层层的白云，把我的胸怀都给洗干净了；到了黄昏，群鸟归山，我睁大了眼睛看，把眼眶都睁裂了。这是多么远的一座山哪！

————————————

① 〔荡〕洗涤。

② 〔曾〕同"层"。

③ 〔决〕裂开。

④ 〔眦〕读zì，眼眶。

⑤ 〔会当〕不久将要。

⑥ 〔凌〕升，登，特指升到非常高的地方去，如"凌空""凌云""凌霄"。

⑦ 〔绝顶〕指最高峰。

第四联两句是说：我爱这座高山，我不久将要攀登它的最高峰，看看其他的山，该是多么渺小啊！

这首诗表现了杜甫的伟大的心胸和气魄。他借着泰山的崇高和远大，来描写自己理想的崇高和远大。

春　望① 杜　甫

国破山河在，城春草木深。

感时花溅泪，恨别鸟惊心。

烽火②连三月，家书③抵④万金。

白头搔更短，浑⑤欲⑥不胜⑦簪⑧。

第一联两句是说：国家已经破碎了，山河还在，但是什么都完了；春来了，城中草木很茂盛，很深，但是城中的居民呢？也快完了！

---

① 〔春望〕春天远望。公元757年3月，杜甫在长安所作。当时安禄山已反，长安沦陷。

② 〔烽火〕古时边防报警的烟火，有敌人来侵犯的时候，守卫的人点火相告。这里，烽火代表战争。

③ 〔家书〕家信。当时杜甫的妻子在鄜(fū)州，通信很困难。

④ 〔抵〕抵当，这里当"值"讲。

⑤ 〔浑〕简直。

⑥ 〔欲〕将要。

⑦ 〔不胜〕经不起。胜，音升(shēng)。

⑧ 〔簪〕用来绾住头发的一种首饰，古时也用它把帽子别在头发上。这里指的是男用的，帽子上的簪。簪读zēn，不读zān。

　　第二联两句是说：春天花开了，但是时局使我感伤，春花只能使我流泪；春天鸟叫了，但是妻离子散，春鸟只能触动我的悲哀。

　　第三联两句是说：战火已经连续三个月了，我多么盼望有人捎一封家信给我呀！一封家信真是值万两黄金呢！

　　第四联两句是说：我的头发白了。我每逢心里烦闷时就挠头，白头发越挠越短，我的簪子简直绾不住我的头发了！我是多么苦闷哪！

　　这首诗表现了杜甫忧国忧民的心情，同时也道出了个人的苦闷。

登柳州城楼寄漳汀封连①四州刺史② 柳宗元

城上高楼接大荒，海天愁思③正茫茫。

惊风④乱飐⑤芙蓉⑥水，密雨斜侵薜荔⑦墙。

---

① 〔漳汀封连〕漳州，今福建漳州市；汀州，今福建长汀县；封州，今广东封川县；连州，今广东连阳各族自治县。

② 〔四州刺史〕漳州刺史韩泰，汀州刺史韩晔（yè），封州刺史陈谏，连州刺史刘禹锡。他们和柳宗元是同时被贬谪的。

③ 〔愁思〕悲哀的心绪。思，读sì，去声。

④ 〔惊风〕急风。

⑤ 〔飐〕读zhǎn，风吹动。

⑥ 〔芙蓉〕荷花。

⑦ 〔薜荔〕读bì lì，一种蔓生植物。

岭树重遮千里目，江流曲似九回肠①。
共来百粤②文身③地，犹自音书④滞一乡⑤。

解题：柳宗元被贬官到广西柳州，任柳州刺史，同他一起被贬官的还有四人，分住在漳州、汀州、封州、连州四个地方，大家都是患难朋友。当时北方人认为南方是很野蛮的地方，如果谁被贬官到南方去，就感到很悲伤。有一天，柳宗元登上柳州城楼，作了一首诗，想寄给四个朋友，由于当时寄东西很不容易（寄，就是委托人带的意思），因此在柳宗元的诗里有很多感慨。

第一联两句是说：我登上城楼，眺望荒僻的旷野。海呀（柳州没有海，这是诗人的联想），天哪，这些景色不但不能使我快乐，反而增长了我茫茫的悲哀。

第二联两句是说：风是那样急，荷花塘里的水

---

① 〔九回肠〕回，转。九回，形容肠的曲折。司马迁《报任安书》："肠一日而九回。"九回肠又表示人的悲哀到了极点。

② 〔百粤〕种族名，也叫"百越"。这里的百粤指今福建、广东、广西三省的地方。

③ 〔文身〕在身体上画花纹。古人以为越人有断发文身的风俗。

④ 〔音书〕音信。

⑤ 〔滞一乡〕滞，不通。滞一乡，指音信通不到他乡（暗指四州）。

都被吹乱了；雨是那样密，薜荔墙也被飘湿了。

第三联两句是说：山上的树重重地遮住了我远望千里的眼睛，我的好友所在的地方看不见啦！江中的水弯弯曲曲的，多么像我那弯弯曲曲的愁肠啊！

第四联两句是说：我们四个人都是被贬斥到遥远的南方来的，应该可以常常通信，但是事实上通信是这样困难，这就令人更加伤感了。

这首诗表面上是柳宗元叙述自己谪居生活的悲哀，实际上却隐藏着对朝廷政治的不满。当时柳宗元参加了比较进步的政治集团，这个集团失败了，他和四州刺史同时遭受贬斥。这首诗是寄给四州刺史的，因此不可能是简单地表达个人的悲哀。

二

这三首诗都是描写远望的，但是表现出来的思想内容有很大的差别。首先是地点的差别：泰山、长安、柳州，地点不同，景色当然也有所不同。其次是时令的差别：《望岳》咏的是春天或夏天的景色，《春望》咏的是春天的景色，《登柳州城楼寄漳汀封连四州刺史》咏的是夏天的景色。但是更重要的不是这些，而是心情的不同。有句成语"触景生情"，这话说得不大全面，应该是先有一种感情，然后触景才能生出情来。而这种感情是因人、因时、因地而不同的。杜甫在写《望岳》时，只有二十六七岁，正是少年气盛、奋发有为的时期，到了写《春望》时，年纪已经大了，又是饱经忧患、流离丧乱的时期，心境大不相同。而柳宗元则是一肚子牢骚，无处发泄，这跟杜甫的心境又不同。感情不同了，所看见的外界事物，也就引起了不同的联想。譬如说，许多人都看见过高山的白云，但是只有像杜甫这样的人，才会感到洗荡心胸。人人都见过春花，但只有像杜甫这样忧国忧民的人，春花才能刺激出他感时的眼泪来。人人都看见过江水，只有像柳宗元这样满怀悲愤的人，才联想到它好像九回肠那样绞痛。诗人们常常把自己的感情寄托在景物上。景物本身是没有感情的，感情是人所具有的。因此，诗人的意境永远是主观的东西。

诗有写情，有写景，有情景交融。诗人并不常常直接写出他的感情来，在多数情况下总是把感情寄托在景色上，所以要写景。所谓写情，就是叙事，讲自己经过的事情；所谓写景，就是描写大自然的景色。有人说，诗人们总离不了描写风花雪月这样的景色。为什么呢？因为风花雪月是大自然中最主要的景色，诗人要通过花的颜色、鸟的叫声来反映自己的感情，这就是写景的作用。有时候则是情景交融在一起的。下面就来具体讲讲这三首唐诗的情景：

《望岳》这首诗，前四句是写景，第三联两句是情景交融，末两句是写情。

《春望》这首诗，前四句是情景交融，后四句是写情。

《登柳州城楼寄漳汀封连四州刺史》这首诗，第一联是情景交融，第二联是写景，第三联是情景交融，第四联是写情。

一首诗应在何处写情，何处写景，完全是诗人的自由，但是，诗人最重视声音和色彩，所以写景是诗人的重要的艺术手段。写景就是使诗歌形象化，这可以说是诗的基本知识之一。

写诗也像写文章，要有章法（组织结构）。现在就来讲讲这三首唐诗的章法：

《望岳》这首诗，先写了"岳"（前四句），再写"望"（第五、六句），最后（第七、八句）以"望"后的感想作收。

《春望》这首诗，先是分头写"国破"和"城春"（头两句），然后以"感时"句承"城春"，以"恨别"句承"国破"，然后又以"烽火"句承"感时"，以"家书"句承"恨别"。这样一环扣一环，组织非常严密，最后双承，以感叹作收。

《登柳州城楼寄漳汀封连四州刺史》这首诗，第一联总写登城楼，第二联写近景，第三联写远景，最后发出感慨作收。

　　这三首唐诗的共同点，都是以感想来作收的，如不这样，就收不住。这三首诗的章法都很严密。但是，也有一些诗是不大讲究章法的，因为诗有跳跃性，有时候读者摸不清它的来龙去脉，初学诗的人还是应该先讲究章法。我们今天不鼓励大家学写诗，但是要欣赏诗，就得从章法上来欣赏。

三

　　现在讲诗的格律。所谓格律，就是规则，诗人根据这个规则写诗。诗有古风（古体诗），有律诗（今体诗），这是诗的两大类。古风的规则很简单，只要押韵就行了。律诗的规则比较复杂，除了押韵之外，还有平仄的格式。在这三首唐诗中，《望岳》是古风，其他两首是律诗。诗除了分古风和律诗外，还分五言诗和七言诗两种。五字一句的古风叫五言古诗（简称五古），七字一句的古风叫七言古诗（简称七古）；五字一句的律诗叫五言律诗（简称五律），七字一句的律诗叫七言律诗（简称七律）。还有长短句，除五言七言外，也有三言、四言、六言的不等，这叫杂言诗。杂言诗一般是归在古风里，因为古风的字数没有规定，可长可短。律诗的句数和字数都有规定：五律八句四十个字，七律八句五十六个字。《望岳》是古风，但也是八句四十个字，这是偶合。此外还有绝句，它是律诗的一半。

如五绝四句二十个字，七绝四句二十八个字。绝句一般属律诗体裁，但有例外。七言绝句的规则和律诗的规则是一样的。

唐诗一定要押韵。什么叫押韵呢？就是韵母相同的字，在不同句子的同样位置上出现，叫作押韵。押韵一般都在句尾，所以又叫韵脚。单句不押韵，双句押韵。《望岳》第二句的"了liǎo"，第四句的"晓xiǎo"，第六句的"鸟niǎo"，第八句的"小xiǎo"，韵母都是"iao"，所以押韵。《春望》也是一样，第二句的"深shēn"，第四句的"心xīn"，第六句的"金jīn"，第八句的"簪zēn"，韵母都是相近的，只是听起来不够谐和，这是由于古人的读音与现今普通话的读音不大一样，如按古人的读音也就谐和了。现今在广东的东边，福建的西边，江西的南边，有人说一种客家话，这种话还保留着古人的读音。比如客家话的"深"念qim，"心"念sim，"金"念gim，"簪"念zim，韵母都是"im"，听起来就谐和了。律诗的第一句也可以押韵（特别是七律），如《登柳州城楼寄漳汀封连四州刺史》这首诗，第一句的"荒huāng"，第二句的"茫máng"，第四句的"墙qiáng"，第六句的"肠cháng"，第八句的"乡xiāng"，韵母都是"ang"，所以是押韵的。五律也是一样，第一句可以押韵，也可以不押韵。要是第一句押韵的话，一首诗就有五个韵脚了。

　　律诗还有个特点，就是平仄的格式。要知道什么叫平仄，先要知道汉语的声调。比方说"天"跟"田"是两回事，说"买"跟"卖"的意思正相反，声调的不同，就有这么大的区别。所以欧洲人学汉语会感到很困难。说话的高低不同（指音乐上的高低），长短不同，这也就是声调的不同。唐朝的声调跟现今普通话的声调不同，如果以现今普通话的声调去读唐诗，听起来就不同了。古代汉语中共有四个声调：平声、上声、去声、入声。现代普通话里也有四个声调：阴平、阳平、上声、去声。古代汉语的入声，在现代普通话里是没有的，已分别归并到普通话的四声中去了。入声比较短促，一出声就收住。

　　这种入声，在广东、广西、福建、江苏、浙江，甚至山西、内蒙古、河北（部分地区）还存在。比如"衣"字，按古代汉语四声念"衣"（平声）、"椅"（上声）、"意"（去声）、"益"（入声）。再如"剥削"，在普通话里都是阴平，在古代汉语里是入声，上海话还保留着古代汉语的入声。怎样才能知道古代汉语的入声呢？办法不太多，最好的办法是查字典，或者是查书，如我写的《诗词格律》一书的后面，就附有诗韵举要，其中分别了四声，有空可以看看。

　　什么叫作平仄？平声仍叫平声，其余三声（上、去、入）叫仄声。仄的意思就是不平。古人作诗，

就靠平仄的交替形成一种音乐上的美，也叫作抑扬
的美。如果声调毫无变化，那就显得单调不美了。
比方唱歌，如果老是一个调子，那就不美了。古人
把四个声调分成两类：一类是长调，也叫平调；一
类是短调，也叫仄调。这两类声调怎么个交换法
呢？律诗的平仄格式常见的有以下四种格式：

（一）五言律诗（仄起式）

仄仄平平仄，平平仄仄平。
平平平仄仄，仄仄仄平平。
仄仄平平仄，平平仄仄平。
平平平仄仄，仄仄仄平平。

（例子：杜甫《春望》）

（二）五言律诗（平起式）

平平平仄仄，仄仄仄平平。
仄仄平平仄，平平仄仄平。
平平平仄仄，仄仄仄平平。
仄仄平平仄，平平仄仄平。

（例子：李白《送友人》）

（三）七言律诗（仄起式）

仄仄平平仄仄平，平平仄仄仄平平。
平平仄仄平平仄，仄仄平平仄仄平。

（仄）仄（平）平平仄仄，（平）平（仄）仄仄平平。
（平）平（仄）仄平平仄，（仄）仄平平仄仄平。

（例子：柳宗元《登柳州城楼寄漳汀封连四州刺史》）

（四）七言律诗（平起式）

（平）平（仄）仄仄平平，（仄）仄平平仄仄平。
（平）仄（平）平平仄仄，（平）平（仄）仄仄平平。
（平）平（仄）仄平平仄，（仄）仄平平仄仄平。
（仄）仄（平）平平仄仄，（平）平（仄）仄仄平平。

（例子：李商隐《隋宫》）

在以上四个例子中，凡是字外加圆圈的都表示可平可仄。平仄是律诗中最重要的因素，我们讲诗的格律，主要就是讲平仄。绝句是律诗的一半，取律诗的一二两联、中间两联或头尾两联都可以，因此绝句的平仄容易懂，就不再讲了。上面说过，双句押韵，单句一般不押韵，如果单句押韵的话，平仄就有点儿变化。如五言律诗（仄起式），第一句是"（仄）仄平平仄"，如果要押韵的话，就得把最后的"仄"插入"（仄）仄"和"平平"的中间，成为"（仄）仄仄平平"，与第四句一样；七言律诗（仄起式），第一句是"（仄）仄平平仄仄平"，这是押韵的，如果不押韵的话，就得把最后的"平"插入"（仄）仄"和"平平仄仄"的中间，成为"仄仄平平平仄仄"，与第五句一样。平仄的格式并不难记，它是每两字成为一组，而且要交换。如头两字是"仄仄"，后两字就是"平平"，再后两字又是"仄仄"。如果是五言律诗，就去掉最后的一个"仄"字，成为"仄仄平平仄"。平仄的变化方法有两种：一是加尾，一是插中。加尾就得加一个相反的字，如"仄仄平平"，加"仄"字，成为"仄仄平平仄"；插中就得一个相同的字，如"仄仄平平"，插"仄"字，成为"仄仄仄平平"。这是由四个字变为五个字。由五个字变七个字，这很好办，只要在五个字的前面加两个字就成了，而且这两个字总是相反的。如五言律诗（仄起式）与七言律诗（平起式）一样，只是七言律诗头上加了两个相反的字。

　　律诗的平仄有"对"和"黏"的规则。"对"，就是单句的平仄与双句的平仄相对，也就是相反的意思。如五言律诗（仄起式）的第一句与第二句，平仄正是相对的。所以说单句的平仄与双句的平仄永远是相反的，这种相反的规则就叫对。不这样，就叫失对。"黏"，就是平黏平，仄黏仄；后联出句第二字的平仄要跟前联对句第二字相一致。具体说来，就是第三句跟第二句相黏，第五句跟第四句相黏，第七句跟第六句相黏。黏的意思就是相同。如五言律诗（仄起式），第二三两句都是平平起的，四五两句都是仄仄起的，六七两句又是平平起的，这就叫黏。不这样，就叫失黏。早期的唐诗也有失黏的，后来才严格起来。

对和黏的作用，是使声调多样化。如果不"对"，上下两句的平仄就雷同了；如果不"黏"，前后两联的平仄又雷同了。

明白了对和黏的道理，可以帮助我们理解和掌握诗的规则；可以帮助我们背诵平仄的歌诀（即格式）。只要知道了第一句的平仄，全篇的平仄就都能背诵出来了。

对仗问题。对仗就是对联。古代的仪仗队是两两相对的，这是"对仗"这个术语的来历。

对仗就是把两个字相对，一个字在单句，一个字在双句。对仗的一般规则，是名词对名词，动词对动词，形容词对形容词，数字对数字，颜色对颜色。如《春望》这首诗的第三联，"烽火"对"家书"（名词对名词），"连"对"抵"（动词对动词），"三"对"万"（数字对数字），"月"对"金"（名词对名词）。对仗还有一个规则，是平对仄，仄对平。这跟平仄相对是一样的，如"风"（平声）对"雨"（仄声）。"风"对"云"就不合式了，因为"风"跟"云"都是平声字。要对的话，也只能在五言律诗的头一个字或七言律诗的头一个或第三个字相对，因为这里是不拘平仄的。作诗要有对仗，如《登柳州城楼寄漳汀封连四州刺史》这首诗，第二联和第三联对仗，首尾两联可用可不用。《春望》这首诗，一开头就用对仗，最后两句话一般不用，但有时也用，所以律诗比绝句更难作。古风一般不用对仗，但《望岳》这首诗，中间两联用了对仗，平仄也有些合律，而且字数与律诗符合，这样《望岳》也算是古风与律诗之间的诗体了。

宋词三首讲解

讲宋词三首，跟过去讲唐诗三首一样，先念课文，然后一句一句地讲。讲完以后，再讲每段的大意，讲词的艺术技巧，最后总的讲一讲什么是词，什么是词牌，词是怎样写成的，根据什么规则来写。

念奴娇·赤壁怀古　　苏　轼

大江东去，浪淘尽、千古风流人物。
故垒西边，人道是、三国周郎赤壁。
乱石穿空，惊涛拍岸，卷起千堆雪。
江山如画，一时多少豪杰。

遥想公瑾当年，小乔初嫁了，雄姿英发。
羽扇纶巾，谈笑间、强虏灰飞烟灭。
故国神游，多情应笑我，早生华发。
人间如梦，一樽还酹江月。

"念奴娇"是词牌名，"赤壁怀古"是题目。这首词共分两段，下面逐段来讲。

第一段

"大江东去……一时多少豪杰。"

"大江东去"。大江，长江。古人所谓江，一般都指长江。东去，向东流去。

"浪淘尽、千古风流人物"。浪淘尽，波浪像淘米似的，把古代一些风流人物都冲走了，也就是说这些风流人物已经成为过去了。风流人物，指古代既有文采，又有功业的人物。

"故垒西边"。故，旧的意思。垒，古代的军营。

"人道是、三国周郎赤壁"。人道，据说。周郎，指周瑜。周瑜在吴国被任为建威中郎将（武官名）时，才二十四岁，吴国人尊称他为周郎。赤壁，从字面讲，就是红色的石壁，是三国时周瑜击破曹操数十万大军的地方。据考证，赤壁应在今湖北省嘉鱼县东北，苏轼所游的是黄州的赤壁，在今湖北省黄冈县。

"乱石穿空"。乱石，就是石壁。穿空，形容石壁很高，高到好像冲破天空似的。

"惊涛拍岸"。惊涛，像马惊而狂奔的巨浪。有人解释为惊人的波浪，这种解释不妥当。拍岸，拍打着江岸，好像要冲破江岸的样子。

"卷起千堆雪"。浪花很大，就像雪一样。

"江山如画"。形容江山很美，美得就像图画一样。有人会问：真的江山不是比画的江山更美吗？为什么说"江山如画"呢？这是因为画家们所画的江山是按照最理想的江山来画的，江山如画，这就表示江山美到了极点。

"一时多少豪杰"。一时，一个时代。豪杰，指三国时代的英雄人物，如魏国的曹操，蜀国的诸葛亮、关羽、张飞、赵云，吴国的孙策、孙权、周瑜等都是。为什么只说三国时代的英雄人物呢？因为苏轼当时以为所游的地方是赤壁，是周瑜大破曹操的地方，所以他只怀念三国时代的英雄人物。

串讲大意

长江向东流去，波浪把千古的风流人物都冲走了。我们看到的旧的军营的西边，据说是三国时代周瑜大破曹操的那个赤壁。这个赤壁，简直是乱石穿空，惊涛拍岸，这种波浪，好像卷起千堆雪似的。江山好像图画一般，令人想起一个时代该有多少的豪杰呵！

这一段，作者写的是古战场的景色。通过这种描写，读者就可以想象出当时打仗的情况。为什么要写"乱石穿空，惊涛拍岸，卷起千堆雪"呢？因为这样一写，就可以想象出当时战斗的激烈，同时也就联想起古代的豪杰，而这些豪杰已经是一个一个地被长江水冲走了，只剩下江山如画了。

第 二 段

"遥想公瑾当年……一樽还酹江月。"

"遥想公瑾当年"。遥想，远远地想。因为年代相隔很久，所以说遥想。公瑾，周瑜的字。当年，指周瑜大破曹操的时候。

"小乔初嫁了"。小乔，周瑜的妻子。乔公有二女，嫁给孙策的叫大乔，嫁给周瑜的叫小乔。初嫁了，刚跟周瑜结婚，表示周瑜很年轻。

"雄姿英发"。就是奋发有为的意思，说明周瑜年轻的时候就有英雄气概。

"羽扇纶巾"。纶（guān）巾，青丝带做成的头巾（一种帽子）。羽扇纶巾，就像今天戏剧中诸葛亮的打扮。这是三国时代一直到南北朝的一些将军们相当流行的打扮，表示文雅镇静。这里是形容周瑜的镇静。

"谈笑间"。说说笑笑，满不在乎的样子。

"强虏灰飞烟灭"。强虏，强大的敌人。虏，敌人的代称。

把敌人叫作虏（俘虏），是藐视敌人的意思。灰飞烟灭，大破曹操是用火攻的，即火烧赤壁，所以用灰飞烟灭来形容敌人被消灭。

"故国神游"。故国，旧国，指古代的三国。神游，精神之游，即心里幻想出（当时）的情况。

"多情应笑我"。多情，容易触动的感情，说明苏轼怀念古人有丰富的感情。应笑我，说苏轼动感情以后会有人笑他。

"早生华发"。"华"同"花"。华发，花白的头发。这里表示苏轼已老了，跟周瑜比差得很远，自己的理想没有实现。

"人间如梦"。感到自己已经老了，没有做多少事情，好像做梦一样。

"一樽还酹江月"。就是说对着江月浇愁。樽，盛酒器，其作用等于今天的酒壶。酹（lèi），以酒洒地，这是古代的一种祭礼。

串讲大意

我从遥远的年代想起当年的周公瑾，他刚刚跟小乔结婚的时候，那英雄的姿态，显得多么奋发有为呵！他头戴纶巾，手挥羽扇，在轻松地谈笑间，强大的敌人已经灰飞烟灭了。今天神游故国，我如此多情地凭吊古人，人们就会笑我，我的头发已经这样花白了。人间的生活如梦一般，不如临江对月喝它一个痛快吧！

这一段，作者颂扬周瑜是一个了不起的风流人物。但是作者自己的理想不能够实现，所以只好借酒浇愁。这首词是苏轼在政治上不得志，受到打击以后写的，他自我排遣，心里有很多不平之气，很多感慨没有地方发泄，于是就借怀古来发泄心中的不平之气。

苏轼的词以豪放闻名，豪，即雄壮的笔调；放，即不受任何的束缚。为什么说苏轼的词是豪放的呢？因为在苏轼以前，一些词人常常纠缠在谈情说爱里，或者是谈那些悲观失望、感伤主义的东西。从苏轼开始改变了这种风气，影响很大，所以说苏轼的词是豪放的。

艺术技巧

我们说一首词好，一方面要看它的思想内容，一方面要看它的艺术技巧。这首词一开始就写长江，就给人一种雄伟壮丽的感觉。词人从来不说抽象的话。如把"浪淘尽、千古风流人物"这句话，说成"几千年以来，一些英雄人物都死完了"，那就很抽象。这里说"长江的波浪像淘米似的把一些英雄豪杰都冲走了"，这就很形象。这种有形象的句子，人们通常叫它有诗意的句子。"乱石穿空，惊涛拍岸"是映衬上句的"赤壁"。把赤壁的形状描写出来，衬托了当时打仗的情况。"卷起千堆雪"又映衬上面的"浪淘尽"。在这首词里，"乱石穿空，惊涛拍岸，卷起千堆雪"三句话是最好的句子。为什么说它好呢？因为没有这三句话，就不能把古战场的雄壮景色描写出来。"乱石穿空，惊涛拍岸"这两句话是一副对联，而且对得很工整，很雄壮。"乱石"对"惊涛"，"穿空"对"拍岸"。再从词性来看，"乱"对"惊"是形容词对形容词；"石"对"涛"是名词对名词；"穿"对"拍"是动词对动词；"空"对"岸"是名词对名词。"卷起千堆雪"的"卷"字用得极好。如果我们写，很可能用"激"字，也可能用"溅"

字，但是这两个字都没有"卷"字好，为什么？因为"激"是激动的意思，"溅"是飞溅的意思，不能把波浪最美的形态描写出来，而波浪最美的形态就像卷一张白纸的样子。所以写诗写词的人很讲究用字。

"小乔初嫁了"这句话也好，如果说"周瑜当年还很年轻"，这就不像诗句了。大小二乔都是当时有名的美人，说"小乔初嫁了"，就增加了词的风趣。

"强虏灰飞烟灭"。"强虏"一作"樯橹"（樯是船上的桅杆，橹同橹，是桨的一种），表现曹操的战船都给烧光了。这里作强大的敌人都被消灭了。两种解释都好。

"羽扇纶巾"是写人的打扮，跟前面写景"乱石穿空"句有异曲同工之妙。

"故国神游"这句话很好，好在能承上启下。因为上面讲的都是神游故国的事情，人家的事情，下面要讲自己了。

"人间如梦，一樽还酹江月"，这两句话也有优点，如果单说"人间如梦"那就抽象了，所以用长江和明月来衬托自己愁闷的心情，这就有形象有诗意了。

满江红　　岳　飞

怒发冲冠，凭阑处、潇潇雨歇。

抬望眼，仰天长啸，壮怀激烈。

三十功名尘与土，八千里路云和月。

莫等闲、白了少年头，空悲切。

靖康耻，犹未雪。

臣子恨，何时灭？

驾长车、踏破贺兰山缺。

壮志饥餐胡虏肉，笑谈渴饮匈奴血。

待从头、收拾旧山河，朝天阙。

这首词没有题目，"满江红"是词牌名。词可以不要题目，因为写的内容一看就明白。

第一段

"怒发冲冠……空悲切。"

"怒发冲冠"。这是一种夸大的说法，就是说发怒的时候，头发把帽子都冲掉了。另外有一句成语"令人发指"，意思是说头发竖着把帽子都顶起来了。

"凭阑处"。凭阑，靠着栏杆。

"潇潇雨歇"。潇潇，风雨的声音。雨歇，雨停了，不下了。

"抬望眼"。抬起头来往远处看。

"仰天长啸"。抬起头来大喊一声，或是长叹一声。

"壮怀激烈"。激烈，不能用今天的意思来理解，说是某人说话很激烈。这里要拆开来讲，激是激动的意思，烈是热烈的意思。

"三十功名尘与土"。三十，就是三十岁。功名，就是事业。把功名当尘土一样，也就是说不看重功名。

"八千里路云和月"。八千里路，形容路很远，立志远征打金人。云和月，就是说白天黑夜都得赶路。

"莫等闲"。不要轻易的意思。

"白了少年头"。时间过得很快，头发都白了。

"空悲切"。徒然悲哀的意思，也就是说人老了，想做一番事业也不行了。

串讲大意

我满腔热血，感到怒发冲冠；我靠着栏杆，看着风雨潇潇，不久后又停止了。这个时候，我抬起头来远望，同时仰天长啸。我雄壮的胸怀再也压不住了。三十多岁的人了，功名还未立，但是我并不在乎，我感到功名好比尘土一样，都是不足挂怀的。我渴望的是什么东西呢？我渴望的是八千里路的远征，昼夜地赶路，跟白云和明月做伴。我们不要让少年头轻易地变白了，到那时再悲哀就来不及了。

这一段表现了岳飞急于立功报国的宏愿。

第二段

"靖康耻……朝天阙。"

"靖康耻"。靖康，宋钦宗年号。靖康二年（1127年），金人攻陷汴京（今河南省开封市），把徽宗（钦宗的父亲）和钦宗一齐掳去，岳飞认为这是一种莫大的耻辱。

"犹未雪"。没有能够雪恨，即仇没有报。

"臣子恨"。做臣子的心中之恨。古人常把臣跟子连起来说。

"何时灭"。什么时候才能消解这个仇恨呵！

"驾长车、踏破贺兰山缺"。长车，不是说车长，而是指路长。贺兰山，在今宁夏回族自治区东北。缺，缺口，指隘口。全句说"驾着车子一直冲破贺兰山的隘口"。

"壮志饥餐胡虏肉"。胡虏，指敌人。胡，古代北方的民族，即当时的女真。这句话是夸大的说法，就是说恨敌人恨到极点了。

"笑谈渴饮匈奴血"，这句话也是夸大的说法。匈奴，古代北方的一个民族。这里指金人。以上两句实际上是表示跟敌人决一死战。

"待从头、收拾旧山河"。待，等待；旧山河，失去的山河。即岳飞所写的四个大字"还我河山"的意思。

"朝天阙",最后回来朝见皇帝报功。阙,皇宫门前两边的楼。天阙,皇帝住的地方。

串讲大意

靖康二年的国耻还没有洗雪,臣子的恨什么时候才能够消灭呢?我要乘长车踏破这贺兰山口。肚子饿了,我就吃敌人的肉;口渴了,我就喝敌人的血。我有这个雄心壮志,而且我相信谈笑之间就可以做到。等待我重新收拾旧山河的时候,再回到朝廷报功吧!

这一段表现了岳飞对"还我河山"的决心和信心。

这首词,可以说是岳飞"精忠报国"的誓言。如果说苏轼的词豪放,而岳飞的词则是雄壮。豪放跟雄壮有所不同,豪放只是摆脱了束缚和某些旧的框框;雄壮却是表现出一种浩然之气,英雄的气概。苏轼的词有感伤的一面,岳飞的词全是积极的,没有任何伤感因素。岳飞表现了一种爱国的乐观主义精神。我们说爱国是好的,但是当敌人来了的时候,就有两种爱国的想法:一种是悲观失望,所谓失败主义者,怕亡国而痛哭流涕,不知怎么才能把危亡的局面挽救过来,这种想法,就值不得赞扬了;岳飞是另一种爱国的想法,一点儿不悲观,而是"壮志饥餐胡虏肉,笑谈渴饮匈奴血","待从头、收拾旧山河"。这种乐观主义精神非常伟大。读了这首词以后，我们可以体会到，只有具有高尚思想的人，才能写出感人的词来。岳飞的诗词留下的很少，可是质量非常高。

艺术技巧

"怒发冲冠"和"潇潇雨歇"两句话里，隐含着一个典故。战国时代有一个人，他名叫荆轲，当时燕太子叫他去行刺秦王，他动身前唱了一首歌，歌中有两句话："风萧萧兮易水寒，壮士一去兮不复还。"他唱完这首歌以后，听的人都非常愤慨，愤慨到"发尽上指冠"。荆轲是一个壮士，他敢于一个人去刺秦王，这种英雄气概是很了不起的。岳飞用了这个典故，"怒发冲冠"就是从"发尽上指冠"来的，"潇潇雨歇"就是从"风萧萧兮易水寒"来的。知道这个典故以后，我们就能理解岳飞为什么要这样写了。这样写，一开始就使人感到有一种非常壮烈的气概，岳飞以当时荆轲的豪气，来比自己今天的豪气。

从"怒发冲冠"到"仰天长啸"，都是写在家里的情况，他靠着栏杆看下雨，按理说这是一种很惬意的生活，可是他却按捺不住心头之恨而怒发冲冠。再从"仰天长啸"一句里，就可以看出岳飞精忠报国之心了。

"三十功名尘与土，八千里路云和月"，这里表明岳飞高尚的人生观。他对功名不在乎，在乎的是八千里路远征打敌人。这两句话把他爱的是什么，恨的是什么，想要的是什么，看不起的是什么，说得很清楚。他不说"不在乎"，而说"尘与土"；他不说"走很远的路去打敌人"，而说"八千里路云和月"。这样说很形象，很有诗意。

"莫等闲、白了少年头，空悲切"，这两句话很好懂，可是作用很大，有力地结束了前面说的壮烈胸怀，所以才说不要等到白了少年头，那时悲哀也就来不及了。

第二段开始写具体事实。第一段里不写，只是把自己的心情写了，把报国之念隐含在里面不明说，留到第二段的开始来说。

"靖康耻，犹未雪。臣子恨，何时灭"这几句话，简单地把作这首词的中心思想点明白。为什么要作这首词呢？就是为了这个。这几句话很抽象，但是过渡得很好，下面"驾长车、踏破贺兰山缺"就具体化了。

"驾长车、踏破贺兰山缺"跟下句的"壮志饥餐胡虏肉，笑谈渴饮匈奴血"都是夸张的写法，实际上并不会真是这样子。"饥餐胡虏肉""渴饮匈奴血"也是典故，在《左传》里就有"食肉寝皮"的说法。岳飞用了这句话，无非是表示他对凶残的敌人的无比愤恨。

"待从头、收拾旧山河，朝天阙"，表示胜利的信心，以此作收。这里岳飞不说"我一定胜利"，如果这样说就太抽象了，所以还是说山跟河，显得有诗意。

南乡子·登京口北固亭有怀 辛弃疾

何处望神州？

满眼风光北固楼。

千古兴亡多少事？悠悠。

不尽长江滚滚流！

年少万兜鍪，

坐断东南战未休。

天下英雄谁敌手？曹刘。

生子当如孙仲谋！

"南乡子"是词牌名。"登京口北固亭有怀"是题目。京口，今江苏省镇江市。北固亭即北固楼，在北固山上。有怀，有所怀念。这首词怀念的是孙权，跟苏轼怀念周瑜差不多。

第一段

"何处望神州？……不尽长江滚滚流！"

"何处望神州"。神州，战国时驺衍称中国为赤县神州，后来也称中原为神州。东晋时王导说："当共戮力王室，克复神州。"这里指的是尚待克复的神州。南宋与东晋都因外族入侵，迁都江南，情况是类似的。古人有一种说法，认为全世界有九个大州，神州就是其中的一个。这里的神州指中原。

原来宋朝的都城在今河南开封，后因金人入侵，宋朝失败，迁都临安（今浙江省杭州市）。这句话是说，在什么地方可以看到中原呢？

"满眼风光北固楼"。在北固楼上，满眼看到的都是美好的风光，但是中原还是看不到。

"千古兴亡多少事？悠悠"。从古到今，有多少国家兴起了，又有多少国家灭亡了。悠悠，时间很长，数不清了。

"不尽长江滚滚流"。长江的水呵！永远流不完，而兴亡之事，也永远是这样。

串讲大意

什么地方可以看见中原呢？在北固楼上，满眼都是美好的风光，但是还是看不见中原。从古到今，有多少国家兴亡大事呢？不知道，年代太长了。只有长江的水滚滚东流，永远也流不尽。我们今天所能看到的就是长江，多少兴亡事情已经过去了。

第二段

"年少万兜鍪。……生子当如孙仲谋！"

"年少万兜鍪"。年少，少年时代，指孙权十九岁就统治江东。兜鍪（dōu móu），即头盔。万兜鍪，即一万个头盔，也可以说一万个士兵，形容多的意思。全句是说孙权在年轻的时候就做了元帅，统率着三军了。

"坐断东南战未休"。坐断，就是据有、占有的意思，不能拆开来讲。战未休，是说打仗没有个完。三国时，吴国的君主孙权，他占有整个东南地区，一边可以对曹操打仗，一边可以对刘备打仗。

"天下英雄谁敌手？曹刘"。天下英雄，谁是孙权的敌手呢？只有曹操和刘备。三国时有袁绍、袁术、刘表、刘焉、公孙瓒、陶谦等诸侯，后来逐渐被消灭了，只剩下孙权、曹操和刘备三个。这里是说孙权的本领大，他能独霸一方。

"生子当如孙仲谋"。这句话是曹操说的。当时曹操说孙权的军队严整，士气旺盛，他就感到孙权是了不起的人，于是感慨地说，一个人生儿子，要生像孙权那样的才好。曹操为什么要说这句话呢？原因有二：一是曹操年纪大，孙权年纪小，按岁数看，孙权可以是曹操的儿子；一是因为其他诸侯都失败了。如刘表，字景升，为荆州牧，封为武侯，被曹操所灭。所以曹操就说，生儿子要像孙权那样，有雄才大略，能独霸江南，不要像刘景升的儿子那样，等刘景升死了以后，荆州（今湖北省襄阳）就守不住了，这等于养个猪，养个狗。曹操这人很可爱，凡是能跟他做敌手的人，他是很尊敬的。辛弃疾借用这句话作收全词。

串讲大意

当年孙权在青年时代，做了三军的统帅，他能独霸东南，坚持抗战，没有向敌人低头和屈服过。天下英雄谁是孙权的敌手呢？只有曹操和刘备而已。这样也就难怪曹操说："生子当如孙仲谋。"

这首词跟前两首词不同。前两首词的意思比较明显，这首词的意思不那么明显，需要我们去揣摩。苏轼和辛弃疾齐名，都被称为豪放派。辛弃疾写这首词的用意在哪儿呢？就是为了讽刺当时的朝廷，所以他说话不那么直率。他讽刺当时南宋朝廷无能，不但不能光复神州，连江南也快要保不住了。苏轼和辛弃疾的词都是怀古，所怀念的都是三国时代吴国的英雄，在这方面是一样的，但是表现的思想不一样。苏轼生于北宋时代，国家还不那么衰弱，他只是政治上不得志而已，所以他羡慕早年得志的周瑜，同时表现出一种愁闷的心情。辛弃疾生于南宋时代，国家已经只能偏安在江南，所以他借古喻今，颂扬孙权。他说孙权的好，也就是说朝廷的坏，无力抵抗敌人。因此，苏轼的词不是讽刺，而辛弃疾的词全是讽刺。再拿岳飞的词跟辛弃疾的词来比，岳飞的词是爱国思想的表现，很清楚。辛弃疾的词也是爱国思想的表现，但是两者表现不相同。岳飞很直率地说出杀敌报国的决心和勇气，辛弃疾只是委婉地暗示他对于朝廷的不满，所以说表现不同。

艺术技巧

"何处望神州？满眼风光北固楼"，这两句是倒装句法，即前一句可以移到后面去说，后一句可以移到前面去说，成为："满眼风光北固楼，何处望神州？"为什么不这样说呢？这就跟词牌有关系，因为这种词牌规定头一句只能五个字，第二句七个字，所以只能倒过来说。

"千古兴亡多少事？悠悠"，这是问答句，先问后答。这两句跟下面"天下英雄谁敌手？曹刘"两句一样。

"不尽长江滚滚流"，这句话很好，在说千古兴亡事总在那里变化着，而只有长江滚滚流，永远不变。另外，这句话是杜甫《登高》诗中的，诗中说："无边落木萧萧下，不尽长江滚滚流。"辛弃疾用了现成的句子摆在这里，很合适。所以我们多读古诗有好处。"千古兴亡多少事？悠悠"是问答句，"不尽长江滚滚流"是人家的话；这跟下面"天下英雄谁敌手？曹刘"是问答句，"生子当如孙仲谋"又是人家的话对衬起来了，对得很好。

"天下英雄谁敌手"也隐含着一个典故。据《三国志·先主传》载，曹操曾经对刘备说："天下英雄，惟使君与操耳！"（使君，指刘备。）这里辛弃疾运用原话，再加上孙权，成为三人。

"年少万兜鍪"，这句话为什么不说一万个士兵，而说万兜鍪呢？这就是以物代人，因为士兵的特征，除了战甲以外，头盔也是特征之一，所以拿头盔当士兵。这样写非常形象。

"生子当如孙仲谋"，这句话隐含着很深的意思，就是说今天的朝廷不如当时的东吴，今天的皇帝（指宋高宗、孝宗等）不如孙权。为什么不直说呢？因为直说了就有生命危险。我们这样去体会，就知道辛弃疾写这首词的真正用意了。他对当时朝廷的不满也就体现了他的爱国主义精神。他的好些词，都是怀着这种心情写的。他有像岳飞那样的"还我河山"的志愿，但是达不到。

以上把三首词讲完了，下面来讲什么是词，什么是词牌等问题。

一、诗跟词的区别

诗跟词有四方面的区别：

1.词是由民间文学来的，它本来是配音乐的，跟现在用乐器伴奏唱歌一样。诗最早也是配音乐的，如《诗经》就是如此。后来诗不再配音乐了。词原来是配音乐的，像唐朝的一些词就是歌词，后来文人写词也不作配音乐用了。到了不配音乐的时候，词跟诗没有什么差别，也可以说是诗的一种，所以有人把词叫作"诗余"。

2. 诗的句子，字数是一定和一致的。如五言诗，五字一句；七言诗，七字一句。词的字数不一定，也不一致。如《南乡子》这首词，有五字一句的，有七字一句的。有些词，从一字一句到十一个字一句的都有。由于词的每句字数不一定，有人就给词起了个别名，叫"长短句"。

3. 诗的格式只有极少数的几种，如古体诗、今体诗。今体诗里有律诗（五言律诗、七言律诗）、绝句（五言绝句、七言绝句），数来数去也不过这几种。可是词的格式很多，有一千多种，因此词的变化很大。但是在一种里面还是有一定的格式，在这一种格式里字数是一定的。凭什么来决定呢？就凭词牌来决定。词牌就等于一个调的名称，一种格式的标志。

4. 词里用的口语比诗里多得多。可以这样说，诗里用的口语比散文多，词里用的口语又比诗里多，后来有一种体裁叫作曲，曲里用的口语又比词里多，所以越来越白话化了。词有人写得很文，但不管怎么文，总免不了有些白的地方。如苏轼的《念奴娇》一词里，"人道是"、"小乔初嫁了"的"了"字，岳飞《满江红》里的"从头收拾"、"莫等闲、白了少年头"的"了"字都是白话，再如辛弃疾的《南乡子》一词里，"坐断"就是宋朝时代的白话。所以说词里用的口语是比较多的。

二、什么是词牌？

词牌都有来历。如《念奴娇》，大概在很早的时候就是一首歌曲的名称。"念奴"是一个人的名字，唐代有个很有名的歌女叫念奴，大概有首歌就叫《念奴娇》。又如《南乡子》，可能最初也是一首歌曲的名称。"南乡"就是南国，或是南方，即歌咏这个地方。《满江红》也可能是个题目，大概是说晚霞把江都照红了。因此可以说，原来很多词牌都是题目，只是后来有人模仿这些格式写词。如《念奴娇》有一百个字，有人就模仿它的字数、韵数、平仄和格式来写另外一首词，这种做法就叫作填词。为什么叫填词呢？因为是照格式填写的，字换了，但格式没变。填词的时候，不再依原词的题意，于是题目变成了词牌了。《念奴娇》这首词很有名，有人按苏轼这首词的词牌来填写。由于这首词只有一百字，有人就叫"百字令"，又由于苏轼的这首词头一句话是"大江东去"，有人又改词牌叫"大江东去"；苏轼这首词最后一句话里说"酹江月"，有人又把词牌叫作"酹江月"。不管叫什么，实际上都是《念奴娇》的格式。所以填词以后，词牌就跟题目分离了。但是也有的词的题目跟词牌统一起来，如黄庭坚有一首《画堂春》，它的词牌就跟题目一致，这种统一起来的就叫本意。本意的词是很少的，多数的词是题目跟词牌不发生关系，词牌只管格式。词牌跟题目分离以后，有些词人在写完词以后才标题，如苏轼的《念奴娇》，他就标个题目"赤壁怀古"。但也有不标题的，如岳飞的《满江红》就没有标题目，让读者自己去体会词的中心思想。所以有些词只有词牌没有题目，有些词既有词牌也有题目。

词的字数是根据词牌来规定的。如《念奴娇》是一百字，《满江红》是九十三字，《南乡子》是五十六字，都是有规定的。但是某个词牌也可以有几种格式，如《满江红》有九十三字的，有八十九字的，有九十一字的，有九十七字的，等等。虽有这么多种格式，但有些是常见的，有些是少见的，现在我们填写《满江红》，一般都是填九十三个字的，即按岳飞的来填。

词有单调和双调之分。所谓双调，就是分为两大段，今天讲的三首词都是双调。这两大段的字数常常是相等或大致相等的，平仄也是大致相等，好像现在一个歌谱可以谱两首歌一样。单调只有一段，这样的词也不少，三段、四段的词也有，那就很少了，一般只有单调、双调两类。

词的韵数也是由词牌来规定的，什么地方押韵，什么地方不押韵，由词牌来规定。词跟诗一样，总是要押韵的，不过词人用韵有时比较宽一些，有时比较严一些。宽一些的韵就不那么协调，严的就协调一些，但不管宽也好、严也好，都得用韵。有人问，为什么《念奴娇》这首词没有押韵，这是一个误会，其实这首词是押韵的，不过押得宽一些。是入声韵，北方没有入声，所以不大体会得出来。这首词的"物""壁""雪""杰""发""灭""发""月"等字，如果用上海话念起来就是押韵的字。哪首词用平声韵，用仄声韵，用入声韵，也大致有个习惯。如《念奴娇》《满江红》一般用入声韵，《南乡子》一般用平声韵。

诗跟词都有平仄的规定。词的平仄也是固定下来的。如苏轼的词里说"乱石穿空，惊涛拍岸"这两句话，能不能对换呢？不能。因为必须先写"乱石穿空"（仄仄平平），后写"惊涛拍岸"（平平仄仄），如果换了，平仄就不合。再如岳飞的词里说"壮志饥餐胡虏肉，笑谈渴饮匈奴血"这两句里的"胡虏"和"匈奴"都指敌人，能不能对换一下呢？不能。因为第一句的第六个字必须是仄声字，第二句的第六个字必须是平声字，所以不能调换。就以"笑谈"两字来说也不能对换，因为第二字要求是平声字。还有辛弃疾的词里说"千古兴亡多少事"这一句，实际的意思是"千古多少兴亡事"，为什么不这样说呢？就是由于平仄的限制。这句的平仄要求是"仄仄平平仄仄"，所以"兴亡"跟"多少"必须对调。

图书在版编目（CIP）数据

诗词格律十讲 / 王力著. -- 成都：四川人民出版
社，2019.6（2024.11 重印）

ISBN 978-7-220-11302-4

Ⅰ.①诗… Ⅱ.①王… Ⅲ.①诗词格律—基本知识—
中国 Ⅳ.①I207.21

中国版本图书馆CIP数据核字(2019)第044839号

本书中文简体版权归属于银杏树下（北京）图书有限责任公司

SHICI GELÜ SHIJIANG

诗词格律十讲

著　　者	王　力
选题策划	后浪出版公司
出版统筹	吴兴元
编辑统筹	梅天明
特约编辑	魏姗姗
责任编辑	李京京
装帧制造	墨白空间·肖雅
营销推广	ONEBOOK
出版发行	四川人民出版社（成都三色路238号）
网　　址	http://www.scpph.com
E－mail	scrmcbs@sina.com
印　　刷	北京盛通印刷股份有限公司
成品尺寸	105mm×172mm
印　　张	4.25
字　　数	70千
版　　次	2019年6月第1版
印　　次	2024年11月第4次
书　　号	978-7-220-11302-4
定　　价	22.00元